Chrétien de Troyes

DE GUILLAUME D'ANGLETERRE
CONTE EN VERS

suivi de deux poèmes

traduits de l'Ancien Français
par Jean-Louis Paul

**Figures de Villard de Honnecourt
dessinées par Bruno Morini**

ressouvenances

© Ressouvenances

Cette traduction est dédiée
à Florence Guilhot.

                        J.-L. P.

NOTE SUR LA TRADUCTION

Le Français Moderne peut accueillir bien des constructions de l'Ancien, pour ce que les différences de structures entre ces deux langues ne nont pas telles qu'elles excluent les liens historiques qui regardent leurs chairs respectives. Un certain emploi expérimental du Moderne a donc visé à restituer le rituel narratif que forme le conte médiéval en octosyllabes, ainsi que les gestes sensibles, constructions, tournures, etc., de ses mouvements. L'on a cru que l'on ne se devrait formaliser des rares libertés prises avec la syntaxe ou la tradition modernes, et qui nous ont paru inévitables pour rendre l'écriture propre à Chrétien.

Des notes brèves expliquent ce que l'on a réutilisé de l'Ancien Français. Ce sont des acceptions perdues de mots encore existants : ainsi de *débonnaire* au sens de noble, de par sa formation étymologique : *de bonne aire* (*aire*, signifiant sang, origine socio-raciale, et partant complexion générale, qualité, a été employé dans ce sens au vers 3233), et à quoi le Français médiéval oppose les gens *de pute aire* ; ainsi de *courage*, dont le sens, aujourd'hui tenu pour vieilli, que donnait encore Littré, rend celui ancien : « ensemble des passions qu'on rapporte au cœur », qualité générique du cœur. Ce sont des mots spécifiques qui ont disparu plus ou moins tardivement (le très bel *ire*, colère, angoisse, fut encore écrit par Lamartine) ou parfois subsistants. L'on trouvera aussi des formes précieuses de mots communs (*querre*, infinitif, pour *quérir*, *courre*, demeurant spécialement à propos de la chasse, pour courir). Ce sont enfin, plus classiquement que les Classiques, des formes étymologiques d'adjectifs énoncés alors selon un féminin régulier plutôt qu'unifié (*grand* et *fort* donnent *grand* et *fort* au féminin, du fait de la tradition latine), de sorte qu'on a pu écrire : *grand joie* (forme maintenue dans grand(-)mère, grand(-)route), et *grandment, forment, loyalment.*

Toutefois, la clarté est sauve. Il faudra se souvenir seulement que l'Ancien Français obéit à son ordre propre et précis, par ses fréquentes inversions du sujet et de l'objet, desquelles il tire une poésie déterminée que la réordonnance moderne eut brisée : les déclinaisons en effet indiquaient la valeur syntaxique du mot, indépendamment de sa position ou de certaines prépositions. Ici bien sûr, seul le sens contextuel permettra de comprendre dans le vers : *Sainte Marguerite réclame*, que celle-ci est invoquée par un sujet sous-entendu, mais que portent très clairement les vers précédents. L'on a pensé que ces immixtions de son passé dans la langue présente étaient désirables, en souhaitant qu'elles seraient heureuses, s'agissant de rendre un texte ancien, dont le charme consiste moins dans l'âge philologique, que dans la spécificité d'une écriture. Non seulement, elles permettent de restituer nombre de vers sans en anéantir la vigueur poétique, mais encore elles en sont trop la vie nécessaire pour qu'on y ait renoncé, les impératifs formels ne les aient-ils parfois appelées.

Le conte *De Guillaume d'Angleterre* a été écrit vers 1175. Les figures de V. de Honnecourt, dont l'*Album* date environ des années 1240, évoquent, quoique légèrement plus tardives, des archétypes mêmes que ceux du conte.

J.-L. P.

CHRÉTIEN se veut entremettre,
Sans rien ôter et sans rien mettre,
Pour conter un conte par rimes,
Assonances et lignes fines,
Comme s'il avait belle taille. 5
Mais que par le conte bien aille !
Nul autre conte il ne prendra,
Et la plus droite voie tiendra
Qu'il pourra jamais soutenir,
Qu'à la fin puisse tôt venir. 10
Pour qui, histoires d'Angleterre,
Veut bien chercher et s'en enquert,
Une qui, bien à croire, fait,
Parce qu'elle est plaisante et vraie,
Il trouvera à Saint-Emoin ; 15
Quiconque en demande témoin,
Aille là si tord y présume.
Chrétien dit, qui dire accoutume,
Qu'Angleterre eut jadis un roi,
Qui moult aima Dieu et sa loi, 20
Et moult honora Sainte Eglise :
Oyait chaque jour son service,
Car en avait fait vraie promesse ;
Onques, ni matines ni messe,
Il ne perdit, ce tant qu'il eut 25
Santé, et qu'y aller il put.
Le roi fut plein de charité ;
Eut en lui moult humilité,
Et tint moult en paix son royaume.
On l'appelle le roi Guillaume. 30
Le roi eut femme belle et sage,
Elle aussi de royal lignage ;
Mais l'histoire plus ne raconte,
Je ne veux mentir en ce conte.
La reine avait pour nom Gratienne, 35
Elle aussi fut bonne chrétienne.
Le roi Guillaume moult l'aima,
Toujours sa dame il l'appela.
La dame aima moult son seigneur,

D'amour égal ou supérieur. 40
Si le roi aima Dieu et crut,
La reine n'en devait pas plus ;
Et s'il fut de charité plein,
En elle n'y en eut pas moins ;
Si en lui humilité fut, 45
En l'histoire trouvai et lus
Que bien autant en eut la reine.
Onques il ne perdit matines,
Ce tant qu'il eut prospérité ;
Ainsi la reine en vérité 50
Y alla autant qu'elle put ;
En ces deux gens, de bien moult fut.
Six ans de compagnie vécurent,
Où avoir nul enfant ne purent.
Au sixième an, reine conçut, 55
Et quand le roi s'en aperçut,
La fit servir et bien garder.
Lui-même se mit à veiller :
N'a chose ni être si cher.
Tant qu'elle fut assez légère, 60
Que son fruit ne la grevait trop,
Elle allait à matines tôt,
A l'heure où le roi se levait,
Comme accoutumé y avait.
Mais quand le roi vit approcher 65
Terme où elle allait accoucher,
Craignant qu'elle soit trop grevée,
Il ne l'y laissa plus aller ;
De demeurer lui commanda :
Elle resta, il y alla, 70
Car ne voulait en perdre aucune.
Une nuit, comme coutume,
Fut éveillé à la bonne heure ;
Or il s'inquiéta par quel heurt
Il n'oyait matines sonner. 75
Lors, comme s'il allait tonner,
Il ouït un fracas, tressaille.
Il en lève son chef en haut,

Puis par la chambre a regardé ;
Il y vit si grande clarté   80
Que de lueur tout s'éblouit.
Après, une voix il ouït,
Qui lui dit : — Roi, va en exil !
De par Dieu et de par son fils,
Je te le dis, qu'Il te le mande,   85
Et de par moi, te le commande."
De ce le roi moult s'émerveille ;
De son chapelain prend conseil,
Après matines, l'en demain.
Lui conseil fort loyal et sain   90
Lui donna après réflexion.
— Seigneur, de cette vision,
Lui fait-il, que vous avez vue,
Je ne sais si elle est venue
De Dieu, ni vous ne le savez.   95
Mais je sais bien que vous avez
Maintes choses sans aucun droit.
Faites crier à cet endroit,
Que si l'on sait que demander,
Etes prêt à vous amender.   100
C'est mon conseil, n'y en a tels :
Laissez les biens de tel ou tel,
Mais vous acquittez, et de tout.
De cette vision je redoute
Que par un fantôme elle vienne."   105
Le roi n'a désir qu'il dédaigne
Ce qu'il lui conseille et commande.
Aussitôt à sa cour il mande
Tous ceux de qui il connaissait
Que de leurs biens à tord gardait.   110
Et à chacun rendit le sien ;
Toute sa créance et son bien
Fit à chacun, au mieux qu'il put,
D'autant qu'en demander l'on sut.
Quand le roi fut couché la nuit,   115
A la même heure ouït le bruit,
Vit la clarté, ouït la voix.

En son visage en fait la croix ;
De la merveille qu'il ouït,
Sachez que moult il s'ébahit. 120
Se leva lors plus tôt qu'il put,
Moult inquiet de ce entendu,
Retourna prier au moutier (a),
Battre sa coulpe et Dieu prier.
Quand matines furent chantées, 125
Que le roi les eut écoutées,
A une part de la chapelle,
Le chapelain tout seul appelle ;
Conseil lui a redemandé,
Disant que Dieu lui a mandé 130
Qu'en exil il doit tôt aller.
Lui n'est tel qu'il l'ose blâmer,
Et lui dit : — Ce ne vous ennuie,
Sire, attendez encor la nuit ;
Si troisième fois vous adviennent, 135
Sachez bien que de Dieu vous viennent
Et la clarté et le fracas.
Je vous le dis bien de ce pas,
Or troisième fois attendez :
Lors nul conseil ne demandez, 140
Si encore l'on vous semonce ;
Mais en mépris ayez le monde,
Et vous même vous méprisez :
Dieu seul aimez et Dieu priez,
Pour Dieu ayez tout en mépris, 145
Et partagez sans contredit
Tout votre or ; et tout votre argent,
Distribuez à la pauvre gent,
Aux maisons de Dieu, aux églises :
Là sont les aumônes bien mises. 150
Donnez coupes, donnez anneaux,
Donnez cottes, donnez manteaux,
Donnez surcots, donnez atours,

---

a/-*Moustier* : monastère.

Donnez gerfauts, donnez autours,
Donnez destriers, palefrois,   155
Donnez si bien tout cette fois
Que la valeur d'une châtaigne
De tous meubles ne vous revienne.
N'emportez valeur d'un fétu,
Hors ce dont vous serez vêtu.   160
Et Dieu quand le terme viendra,
A cent doubles vous le rendra :
Ne décroîtra pas votre bien ;
Le recouvrerez tôt fort bien,
En récompense *(a)* et en mérite." 165
Le roi ouït la chose dite
D'une parole fort réelle,
Et dit : —Par Dieu le spirituel,
Beau sire *(b)*, celez cette chose,
Que parole n'en soit déclose   170
Non plus que de la confession.
—Que je n'aie jamais rémission,
Sire, si par moi est connue
Chose qui doive être bien tue."
Alors de l'église s'en part   175
Le roi, et lui d'une autre part.
Mais le roi ne s'attarde pas,
Tout son trésor est de ce pas,

---

a/- Le texte dit *guerredon*, à l'origine fief octroyé en récompense de services guerriers par un suzerain ; le mot s'est élargi déjà, et désigne quelque échange, cadeau, salaire.

b/- L'ancien *beau* élève le degré de la propriété qu'il qualifie ; ici : grand *sire*. Il indique aussi des qualités propres à l'aristocratie. L'ancien *sire*, cas sujet de *sieur*, lui-même forme familière de seigneur, ne désigne pas le souverain avant le XIVème siècle. On peut le reproduire tel quel, dans la mesure où il a une existence propre, comme forme de politesse. De même pour *dam*, qui peut dire seigneur, maître, sans s'attacher à une position sociale effective (cf. le *dam truand*, ou le *dam vassal* insultant).

Mis devant lui à sa demande.
Les abbés et prieurs il mande 180
De pauvres maisons souffreteuses ;
Il mande abbesses et prieuses,
Mande pauvres et contrefaits.
De son trésor s'est bien défait,
Et de son meuble il se délivre ; 185
Par Dieu le donne tout et livre.
Et de même donne la reine
Son vair, son gris, et son hermine,
Et ses anneaux, et ses richesses,
Ayant elle aussi les deux nuits 190
Ouï la voix et le tonnerre :
Valeur d'une coupe de verre
De nul meuble n'a retenue.
Du jour à la nuit sont venus,
Ont tout donné et distribué. 195
Cette nuit n'ont pas reposé,
Car tous deux furent aux écoutes,
Et chacun d'eux attendait moult
Que bruit et fracas ils ouïssent,
Et que la clarté ils revissent. 200
A la même heure entendent tout,
Tous deux le seigneur Dieu en louent,
Et ils voient la clarté ensemble.
Lors dit la voix : — Roi, pars et amble *(a)*,
Va tôt, tu feras comme sage : 205
Je te suis de Dieu le message
Du désir qu'exilé t'en ailles.
Moult le courrouce et le travaille
Que tu demeures tant et tant."
Le roi tôt se leva, étant 210
Tout nu, et ainsi il se signe.
Le plaisir de Dieu ne dédaigne :
Levé moult silencieusement,
Se vêt et chausse hâtivement.

---

a/- *Ambler* : aller l'amble.

Et ainsi se lève la reine. 215
Le roi la voit, et fort se peine,
Car il espérait s'esquiver.
Mais à elle était assemblé,
Sa compagnie il doit tenir,
Ce quoi qu'il veuille devenir : 220
Jamais elle ne partira,
Ni sans lui nulle part n'ira.
Et le roi qui levée la voit,
Lui demande ce qu'elle avoit :
— Dame, fait-il, pourquoi levée ? 225
Par la foi que vous me devez,
Que voulez-vous faire ? — Et vous, quoi ?
— Dame, aller à matines dois :
Je me lève pour y aller,
Et ferai à l'accoutumée. 230
— Matines ? C'est plaisanterie ?
— Dame, répond le roi, nenni.
— C'est ainsi, sire, Dieu me sauve.
Le celer rien ne vous en vaut.
Ainsi vous ne partirez quitte : 235
Je vous dirai si vous ne dites.
— Dites le donc, si vous savez.
— Volontiers, sire. Vous n'avez
Cette nuit nulle chose vue
Dont je ne me sois aperçue. 240
J'ouïs le fracas, vis l'éclat,
J'ouïs (dont moult m'émus) la voix
Qui vous a commandé et dit
Que vous alliez sans contredit
En exil votre vie user. 245
— Dame, n'ose le refuser,
Ni je ne puis, ni je ne dois.
Dieu fera son plaisir de moi,
Et moi au mieux que je pourrai,
Jusques à l'heure où je mourrai, 250
Tenterai selon lui d'agir.
— Dieu vous aide pour réussir,
Lui dit la reine débonnaire,

Et la sienne volonté faire.
Mais grand folie entreprenez, 255
Quand vous allez vous exiler
Sans mon avis, sans que je sus.
Mauvais conseil en avez eu.
Sachez combien moult m'émerveille
Que seule fois sans mon conseil 260
Osâtes l'exil décider,
Et vous penser près d'y aller.
Alors serais moult ébahie !
Bien m'auriez et morte et trahie
Si seule vous m'aviez laissée. 265
Certes, n'aurais plus gaie été.
— Gaie ? Pourquoi ? Que vous le causait,
Si rien sans moi ne vous manquait ?
— Hors vous, beau sire. Sans doutance,
M'abattrait telle pénitence ; 270
Trop me grèverait ce départ.
Mais que de mon corps se sépare,
Avant que je vous quitte, l'âme."
Seconde fois, trois, quatrième,
Le roi la supplie qu'il lui plaise 275
Qu'aller en cet exil le laisse :
— Dame, souffrez que sans bataille,
Par votre congé je m'en aille,
Et que par vous n'en soit parlé :
Au monde par long et par lé (a), 280
Je dois chercher, pour à Dieu plaire.
— Sire, ne cherche à vous le taire,
Fit la dame, qui moult fut sage,
Ensemble ferons ce voyage,
Et c'est bien raison ce me semble : 285
Jadis avons moult eu ensemble
Joie et richesse, honneur et aise ;
Deuil, pauvreté, honte, mésaise,
Devons-nous ensemble endurer.

---

a/- Lé : large.

Mieux que je saurais mesurer, 290
Je veux partager par égal
Et joie et deuil, et bien et mal.
— Ah ! fait le roi, dame merci *(a)* !
A mon avis restez ici,
Vous allez trop grosse, et pesant. 295
Pour cent mille marcs de besants,
Je ne voudrais qu'en ces boccages
M'advint pour vous quelque dommage.
Proche est l'heure, par temps viendra,
Où accoucher vous conviendra, 300
De votre enfant vous délivrer.
A qui pourriez-vous le livrer,
A quelles gardes et nourrices ?
Et vous-même, de quels délices
Seriez-vous comblée et servie ? 305
Moult serait courte votre vie ;
Et de mésaise et de souffrir,
Paix pourrait tôt sur vous venir :
En peu d'heures, vous seriez morte.
Et si votre cœur vous apporte 310
Que de vous n'avez nulle cure,
Ni ne craigniez male aventure,
Ni de rien ne vous émouvez,
De votre enfant ayez pitié,
Dont savez que le temps délivre : 315
Laissez du moins votre enfant vivre ;
Car s'il trépasse à votre tord,
Serez coupable de sa mort.
Et puis moi, que faire pourrais ?
Après vous deux, de deuil mourrais, 320
Déjà s'endormirait ma vie. *(b)*

---

a/- *Merci* : grâce ; *votre merci* : me faites grâce.
b/- *Ariez-vous*, du verbe *aréer* : ranger en bataille ; gouverner ; avoir à sa suite. L'implication est ici que la reine conduirait comme le cortège vassalique de son lignage défunt par sa légèreté.

Lors ariez-vous, c'est mon avis,
Votre enfant mort, et vous, et moi.
Par vous serions-nous morts tous trois.
Pourquoi vous voulez vous occire ? 325
Mieux vaut de lauriers et de myrrhe
Encenser votre lit, la chambre,
Et garder à l'aise vos membres,
Avec l'enfant qui par temps naît.
Fou qui s'oublie à conseiller 330
Qui ne veut croire bons conseils ;
C'est à bon droit qu'il s'en endeuille,
Qui a conseil, et ne le croit.
Si je ne vous conseille droit,
Jamais ne me croyez en rien. 335
— Sire, vous dites assez bien *(a)*.
Mais j'ai de ce bonne croyance,
Que nul qui en Dieu a confiance
Ne peut être malavisé.
Or, jamais ne vous séparez 340
De moi ni de ma compagnie.
Certes ja *(b)*, Dieu ne nous oublie :
Il gardera et moi, et vous,
Et l'enfant qui naîtra de nous.
Allons-nous en très sûrement 345
Ensemble au divin mandement ;
Qu'en sa garde, Dieu nous reçoive.
— Dame, quoi que m'advenir doive,
Me faut souffrir votre vouloir,
Quand vous ne voulez remanoir *(c)*. 350
Or, y allons, que Dieu nous ait !"
Des fenêtres, la chambre avait ;
Sitôt ils sortirent par l'une.
Ne luisait nullement la lune,
La nuit en était moult obscure. 355

---

a/- *Assez* : beaucoup ; très.
b/- *Ja* : ici, jamais ; signifie aussi déjà.
c/- *Remanoir* : demeurer.

Hors de Bristol, à grande allure,
Où ils avaient bien séjourné,
Vers une forêt sont entrés.
Ainsi va le roi, l'épée ceinte,
Avec lui va la reine enceinte : 360
Personne ni rien ils n'emportent ;
Mais, par leurs bons cœurs se déportent,
Qu'ils ont moult fins, et moult entiers.
Ils laissent les voies, les sentiers.
Pour que des gens qui les retiennent 365
D'aucune part à eux ne viennent,
Ni par devant, ni par derrière,
Ils n'empruntent voies ni carrières ;
Mais par la forêt se dévoient,
Là où plus épaisse la voient. 370
Ainsi toute la nuit s'enfuient,
Et s'ils ont mal, sont moult réjouis,
Car qui Dieu inspire et allume,
N'a au cœur aucune amertume ;
Mais ces maux sont amers à ceux 375
Qui ont peu le sens d'aimer Dieu.

Voyez ci-contre *les figures de la roue de fortune, toutes les sept images.*

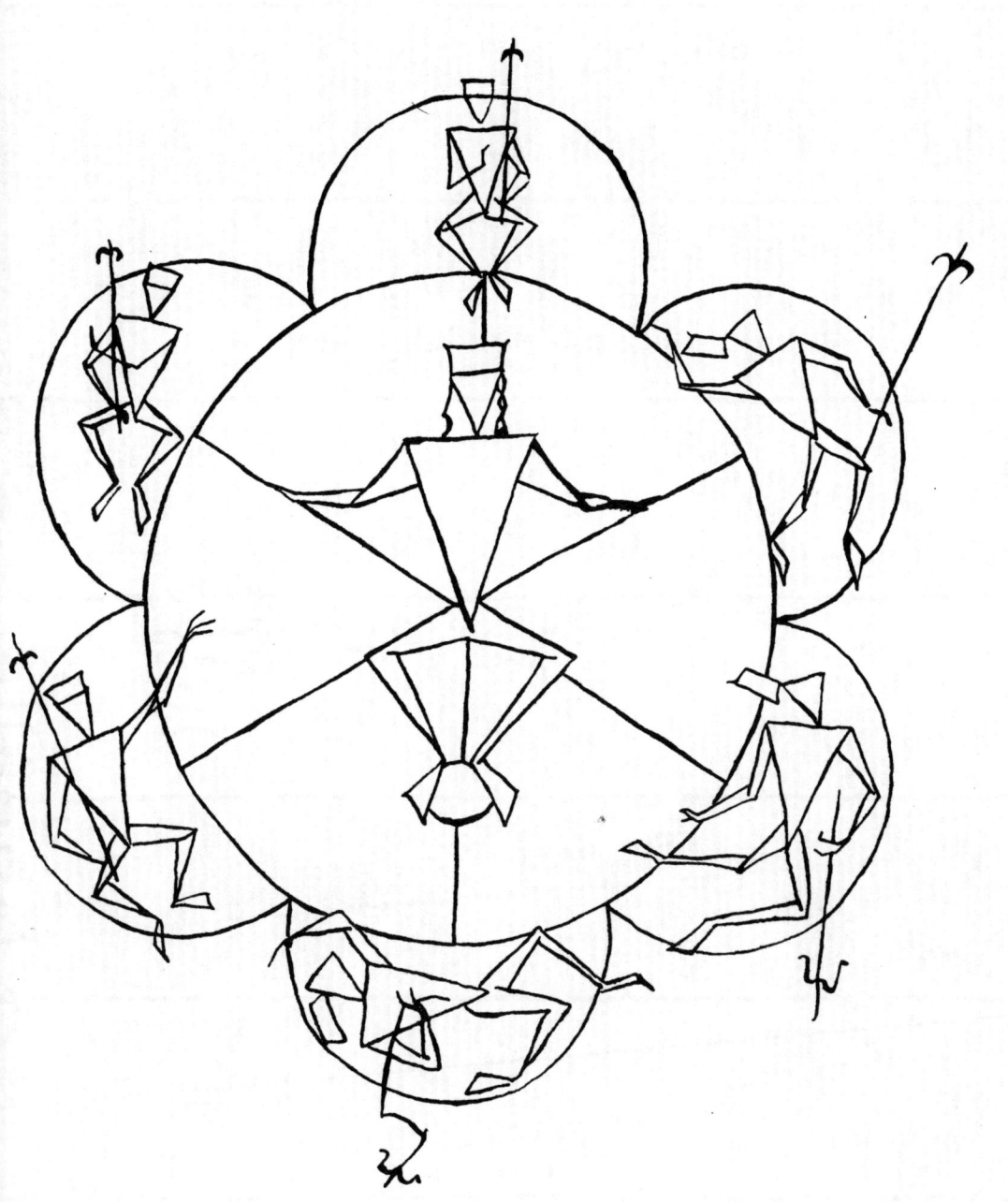

Au matin, quand les gens s'éveillent,
Ceux de la cour moult s'émerveillent
De que pouvait être, ou devait,
Pour quoi le roi ne se levait, 380
Qui matin moult aimait lever.
Plusieurs pouvaient fort s'en grever,
Et fort grand poids en auraient eu,
Si vérité en avaient su.
Ils n'y croient chose qui les grève, 385
Mais ils attendent qu'il se lève.
Grand temps attendirent assez,
Tant que midi fut dépassé.
Tant attendent que moult leur grève.
Lorsqu'ils voient bien qu'il ne se lève, 390
A l'huis de la chambre s'en viennent,
Qu'ils trouvent fermé : cois se tiennent
Un grand moment, où ils écoutent,
Puis appellent à l'huis qu'ils boutent.
Ils ont frappé tant et bouté, 395
Après avoir tant écouté,
Qu'ils brisent le penne et les vis ;
Par force envoient-ils outre l'huis.
Lors moult viennent en désarroi :
Ils n'y trouvent reine ni roi. 400
Se surprennent que ce puisse être.
Ouverte ont trouvé la fenêtre,
Par laquelle ils ont avalé *(a)* ;
Lors pensent qu'ils s'en sont allés.
Avant que leurs dires émeuvent, 405
Fouillent du lieu tout ce qu'ils peuvent,
Coffres, écrins, boîtes et malles :
De toutes les chambres et salles,
Ce qu'ils trouvent, ils en extraient.
Rien n'y est de ce qu'ils pensaient : 410
N'y trouvent rien, ni rien n'y a.
Or un petit enfant épia,

---

a/- *Avaler* : descendre (aller dans le val, en aval).

Dessous le lit, un cor d'ivoire
Que le roi — ce conte l'histoire —
Au bois aimait tous jours porter. 415
L'enfant afin de s'amuser,
En sa maison le cor porta,
Que moult longuement il garda.
Puis l'on n'eut plus à la celer :
La nouvelle est partout allée, 420
Que perdu est le roi Guillaume.
Tout est troublé dans le royaume,
Et de la reine également,
Tous s'affligent communément.
Sitôt on les cherche et les quert, 425
Et par la mer, et par la terre,
Partout, hors là même où ils sont.
Mais ceux-ci, par toutes voies vont,
Et pareils aux bêtes sans chaînes,
Vivent de glands, et puis de faînes, 430
Des fruits que portent les boccages,
De poires, de pommes sauvages.
Ils mangent mûres et cenelles,
Boutons, cornouilles et prunelles,
Et alises, lorsqu'ils le peuvent. 435
C'est de l'eau que les nuées pleuvent,
Par défaut du meilleur, qu'ils boivent.
Pourtant en patience ils reçoivent
Toute leur mésaise et leur peine.
Ainsi qu'aventure les mène, 440
Sont tant de jours en jours allés,
Que vers la mer ont avalés.
Ni voies ni sentiers ils ne tiennent,
Tant que, hors la forêt ils viennent.
Là une roche ils ont trouvée, 445
Pourfendue d'une cavité.
Dedans la roche se sont mis.
La nuit, là leur hôtel ont pris :
Hébergés ainsi qu'ils le purent,
Hôtel fort malaisé y eurent, 450
Et dur lit, et froide cuisine.

Mais fort lassée était la reine,
Qui dormit, ce ne fut merveille,
Sitôt qu'elle eut posé l'oreille.
Puis lorsqu'elle se releva,   455
Son terme vint, si travailla.
Angoisse a moult, Dieu en appelle,
Et la très-glorieuse pucelle.
Sainte-Marguerite réclame :
Tous les saints, les vierges elle aime ;   460
Et tous les craint et tous les croit,
Et tous les prie, comme elle doit,
Qu'ils supplient pour sa délivrance
Dieu qui, de tout, a la puissance.
Elle se trouve fort marrie   465
Du manque de qui la servît,
Quoiqu'un grand besoin elle ait eu
De qui, l'aider mieux qu'homme, sut.
Mais ils étaient des gens si loin,
Que nulle femme à ce besoin   470
A temps n'aurait pu accourir ;
Le roi dut bien y convenir.
Le roi, par grande humilité
Et grande débonnaireté,
Agit comme elle lui enseigne   475
(Rien à faire n'est qu'il dédaigne,
Nulle chose ne lui déplut)
Tant qu'un fort beau valet il eut *(a)*.
Le roi, qui eut l'enfant très cher,
Pense où il pourra le coucher.   480
Puis il tire son épée nue :
D'une cotte qu'avait vêtue,
Lors la part droite il a coupée ;
L'enfant en a enveloppé,
Et l'a-t-il sur la terre mis,   485
Puis il s'est là lui-même assis.
Comme apaiser il souhaitait

---

a/- *Valet* : ici, enfant ; adolescent ; jeune vassal.

La reine qui se lamentait,
Prend sa tête sur ses genoux
Par une pitié franche et douce (a), 490
Si bien que la reine s'endort,
Qui moult avait travaillé fort.
Quand elle vint au réveiller,
Si recommence à travailler
Et fort durement se récrie : 495
— Glorieuse sainte Marie,
Qui votre fils et votre père
Enfantâtes en fille et mère,
Or regardez, glorieuse dame,
De vos beaux yeux, la vôtre femme." 500
La Vierge elle a tant réclamée,
Que d'un enfant est délivrée.
Le roi, qui n'oublie son écot,
A le seçond pan de sa cotte
Défait, de son épée tranché ; 505
Ainsi l'enfant y a couché.
Puis il s'est assis derechef,
A mis sur ses genoux le chef
De la reine, en lieu d'oreiller,
Qui recommence à sommeiller, 510
Et dort jusques au lendemain.
Au réveil avait si grand faim,
Qu'onques femme n'eut supérieure :
—Sire, fait-elle, à son seigneur,
Si prestement je n'ai manger, 515
Vous verrez mes yeux chavirer :
Tant est ma faim et forte et grand
Que l'un au moins de mes enfants
Devrai manger, quoi que j'en choie,
Pour que ma faim étanchée soit." 520
Le roi tout aussitôt se lève,
Que fort cette famine grève ;
Il ne sait ce que faire puisse,

---

a/-*Franc* : noble, libre ; *franchise* : noblesse.

Si ce n'est que gras de sa cuisse
Pense qu'il lui fera manger, 525
Jusques à mieux la rassasier.
Tient son épée et prend sa fesse.
La dame que la faim moult presse,
Voit sa pitié et sa franchise :
De grand pitié si en est prise. 530
Elle dit : — Que faire voulez ?
D'autre manger m'allez soûler !
Car ja, par Saint-Pierre de Rome,
Qu'on va à pieds prier à Rome,
Ne mangera ma chair la vôtre, 535
Par la foi due au Père Nôtre.
—Dame, ainsi vous ferez, dit-il,
Car j'entends racheter mon fils
Et de ma chair et de mon sang :
Jamais, tant que battent mes flancs, 540
Que de la chair j'aie sur les os
Vous le dire assurément j'ose,
Mes enfants ne seront mangés,
A moins que tout sens j'aie changé.
Mangez ma chair à volonté, 545
Dieu me redonnera santé :
Je pourrai bien guérir ma plaie.
Mon enfant bien plus m'émouvait,
Puisque nul recours n'y serait,
Et mal gré Dieu vous en saurait 550
Quand vos enfants vous mangeriez,
Dont un péché mortel feriez.
—Sire, fait-elle, or vous taisez,
Et un moment vous apaisez,
Car moi au mieux que je pourrai, 555
Mon trouble et ma faim souffrirai.
Vous, allez quérir et prier,
Si quelqu'un vous pouvez trouver,
Qui par Dieu vous voudrait bien faire,
Et revenez tôt au repaire. 560
—Volontiers, dame, fait le roi,
Ne pourrai venir qu'aussitôt

Je ne vienne, ce vous promets."
Sitôt en chemin il se met,
Et prie Dieu que Celui-ci l'ait. 565
Regarde vers la mer, et voit
Des marchands qui au port étaient.
De leur avoir qu'ils transportaient,
Ils chargeaient une nef au port,
En grande joie et grands transports. 570
Déjà était presque chargée
La nef, pour faire sa journée (a),
Quand le roi est à eux venu,
Qui tant était et pauvre et nu,
Qu'il ne semblait rien que truand (b). 575
Pour Dieu les prie, les saluant,
Qu'ils l'écoutent, juste un petit,
Que son besoin il leur ait dit :
—Seigneurs, fait-il à ces marchands,
Que Dieu vous fasse bien chéants (c), 580
Et qu'il dispense à tous des gains !
Si de vivres aviez un point,
Donnez m'en, que Dieu vous le rende,
Qui d'encombres tous vous défende,
Et aussi donne gains à tous !" 585
L'un d'eux, ainsi que par courroux,
Lui dit : —Truand, fuyez, fuyez !
Battu, ou en la mer plongé,
Serez sous peu, l'on peut m'en croire,
Au paiement de présente foire ! 590
—Ah ! fait un autre, que vous chaut ?
Laissez ce truand, ce ribaud,
Ne menez sur lui nul estrif (d).

---

a/- *Journée* : voyage et tâche journalière.
b/- *Truand* : mendiant, dans un sens plus offensif que de nos jours et avec une valeur plus générale socialement.
c/- *Bien chéant* : heureux, chanceux ; la bonne chance est la *bonne chéance*, ce qui choit d'heureux.
d/- *Estrif* : querelle, combat, guerre.

Les malheureux, tous les chétifs
Doivent vivre, quoi qu'ils en aient, 595
De ce que prudhommes atraient *(a)*.
Laissez quérir et demander :
Son métier est de truander
Par le monde, et ici et là ;
Guère ici commencé ne l'a, 600
Ici ne le voudra laisser,
Car il ne sait d'autre métier.
—Homme franc ! fait le roi, merci !
Certes, l'ai commencé ici,
Mais ici ne sera fini. 605
Ce m'est promis et destiné :
Dois accomplir ma destinée.
Et pourtant tôt serait finie
Ma truandise cette fois,
Si n'étais encore en l'angoisse 610
D'autre mésaise que le mien.
De deux enfants, sachez le bien,
Cette nuit ma femme accoucha ;
Et je crains que moult m'en méchoit,
Car si grande faim l'a atteinte 615
Qu'un peu resserait-elle enceinte
Des enfants qu'elle a enfantés.
—Ah ! dam truand, comme mentez,
S'écrient derechef les marchands
Qui certes étaient mécréants. 620
Vous avez dit là moult grand fable :
Onques au corps ne fut tel diable,
Femme ses enfants ne mangea,
Ne fut onques, ni ne sera ;
Mais cependant menez nous y, 625
Si ce n'est pas trop loin d'ici ;
Allons donc où les enfants gisent."
Et ainsi quinze ils s'en élisent
Qui disent que tôt ils iront.

---

a/- *Atraire* : ici gagner, élargit le sens : ajouter.

En suite du roi tous s'en vont, 630
Et le roi à moult grande allure
Les a emmenés à droiture
Au lieu où la reine gisait.
L'un d'entre eux, que plus l'on prisait,
A bien la reine regardée ; 635
Il dit : — Elle n'est pas fardée ;
Il n'y a tromperie ni feinte.
Or truand, d'où donc vous la tîntes ?
Si belle dame où fut trouvée ?
—Amis, par vérité prouvée, 640
Sachez que je suis son mari.
— Ah, certes ! me voilà réjoui,
Lorsqu'encor vous m'osez mentir ;
Trop tard viendrez au repentir,
Si hors de vos dents huit mots coulent. 645
Elle est devers vous toute soûle,
La dame qui, plus, ne demande ;
A trop été par vous truande
Et par le monde trop menée.
Certes la dame est fort sensée, 650
Qui à pareil fangeux s'ajuste !
Dès lors dites nous donc le juste,
Mais que ce soit bien choses nettes.
Onques certes, il n'y eut prêtre
A la noce où vous assemblâtes. 655
Avouez où vous l'enlevâtes.
—Seigneurs ! fait le roi, ne le dites !
Et plût à Dieu que je sois quitte
Ainsi de tous autres péchés !
Onques, vrai, ne fus entaché 660
De nul larcin, ni accusé.
Faites mal quand vous en doutez ;
Mais pourquoi m'en excuserais
Lorsque jamais cru ne serai ?
—Seuls les diables vivants croiraient, 665
Quand si grande beauté verraient,
Par quelque voie, mais larcin non,
Qu'ell'dut avoir tel compagnon."

Et ce le dit même la dame :
—Certes, seigneurs, je suis sa femme, 670
De la main d'un prêtre donnée.
— Etes-vous moult abandonnée
Au mensonge, que n'ayez honte ?
De vous à lui les noeuds ne comptent.
Onques il ne vous épousa ; 675
Et quel malheur, lorsqu'il vous a,
Et tellement de temps, tenue !
Hors de ses mains êtes venue,
Car désormais à notre nef,
Vous mènerons sauve en temps bref. 680
Vous serez gardée à grande aise,
Quoi qu'il en paraisse et déplaise.
Et le fou, qui vous amena,
Sur vous néant désormais n'a.
Mais les deux enfants seront siens : 685
A truander lui seront bien.
Qu'il les garde, si sera sage *(a)*,
Car lui rachèteront ses gages :
Tant que les garder il pourra,
De faim ni de soif ne mourra." 690
Quand le roi ouït leur outrage,
Il ne fit semblant d'être sage,
De colère son sang lui mut.
A terre son épée est chue,
Devant ses pieds, qu'il entend prendre. 695
Lorsqu'ils le virent sa main tendre,
Tôt l'un l'a bouté en arrière,
L'autre l'a frappé au visage,
Et l'épée, troisième l'a prise.
Quatrième enseigne et devise 700
Que deux perches en couperont,
Sur quoi la dame emporteront.
Lors au bois quelques uns s'abattent,
Deux perches coupent et abattent.

---

a/- *Si* : ici,(comme souvent) ainsi ; parfois, si.

Ils les eurent très tôt coupées, 705
Par bonnes cordes accouplées ;
Ils y ont fait couche et litière
De brins, de feuilles, de fougères.
Quand ils eurent tout apprêté,
A la roche sont retournés, 710
Y ont la litière apportée,
Où en ont la dame portée,
Tout ainsi pour qu'il leur convienne,
Malgré le roi, malgré la reine.
Le roi en fut moult angoisseux ; 715
Mais entre eux tous était si seul,
Qu'il ne pouvait pas les combattre.
Et cependant férir et battre,
Débouter et bousculer fort,
Se fit assez durant le port, 720
Tant qu'un d'eux de pitié s'en prit,
Qui était prudhomme, et lui dit :
—Beau doux ami, voici conseil :
Cinq besants d'or fin et vermeil
Vous donnerai, si vous restez ; 725
Pour rien derrière nous venez.
Prenez, ami, par ma prière,
Et les besants, et l'aumônière,
Dont du bien vous pourrez avoir.
—Sire, n'ai soin de votre avoir, 730
N'ai cure de votre présent,
Que vôtres restent vos besants ;
Ne les prendrai pour nulle affaire.
—Vassal, vous êtes trop grand fier,
Ou trop sot, ou trop dédaigneux : 735
Vous êtes d'avoir besogneux (a),
Et cinq besants ne daignez prendre !
Votre fureur sera tôt moindre,
Les laisserai, vous y viendrez,
Quand vous plaira, et les prendrez." 740

---

a/-*Besogneux* : nécessiteux (de : besoin).

L'aumônière avec les besants
Fut projetée par le marchand,
Sitôt qu'il put, vers le rocher ;
Et, à un rameau, enfourchée,
L'aumônière reste, pendant.   745
Et eux ne vont plus attendant,
En leur nef ont la dame mise.
Le roi, que deuil, et ire attisent (a),
Demeure alors tout courroucé.
En la mer le mât fut dressé :   750
Les marins la voile tiraient,
Sans plus qu'il y ait de délais.

---

a/- *Ire* : colère ; angoisse.

Eux s'en vont, le roi reste en vain,
Qui moult se démente et complaint *(a)*,
Moult se complaint, moult se démente :   755
Il ne lui est chose plaisante.
Mais à la roche, il s'en repaire *(b)*,
Et pense à ce qu'il pourra faire ;
Que, s'il demeure en Angleterre,
Les barons voudront qu'on le querre,   760
Tant qu'il sera bien retrouvé.
Deux bateaux il s'est rappelé,
Que sur la mer il avait vus,
Alors qu'il y était venu ;
Il se dit qu'en l'un des bateaux   765
Se mettra avec ses jumeaux :
Iront flottant par haute mer
Là où Dieu les voudra mener.
Avec l'un des enfants s'en va,
Sur la roche l'autre laissa ;   770
A la mer vient, y a trouvé
Un des bateaux tout apprêté ;
Il y met l'enfant, puis va tôt
Quérir l'autre sans un repos.
Jusqu'au rocher il ne s'arrête ;   775
Mais y a trouvé une bête,
Grand comme loup, qui loup était.
Il voit que la bête tenait
L'enfant en sa gueule englouti :
Voilà le roi endolori,   780
Qui vit le loup l'enfant tenir.
Ne sait ce qu'il peut devenir :
En si grand deuil ne sait que faire.
Le loup s'enfuit, le roi espère
Le suivre au plus vite qu'il peut ;   785
Mais pour néant après se meut,

---

a/-L'on reprend les verbes *démenter* : devenir dément de douleur ; et se *complaindre* : se lamenter.
b/-*Repairier* : rentrer, retourner à sa demeure.

Car il ne le pourra atteindre.
Pourtant il ne veut se restreindre,
Force tant que se rendre doit,
Et de son loup plus rien ne voit. 790
Est recru en telle manière,
Qu'il ne va avant, ni arrière :
Si doit-il au long d'un rocher,
Par force s'asseoir et coucher.
Il s'endormit où se coucha ; 795
Et le loup qui, en sa bouche a
L'enfant, ne le casse ni blesse.
Fuyant, en un chemin se dresse,
Par là où des marchands passoient.
Tout aussitôt qu'ils l'aperçoient, 800
Ils s'écrient et aussi le huent,
De bâtons, de pierres, le ruent,
Tant que le loup, de par la voie,
Lors déguerpit, devenu proie,
Laisse sa proie, et si s'enfuit. 805
Les marchands s'élancent à lui ;
Tant coururent qu'à l'enfant vinrent.
Et tout aussitôt qu'ils le tinrent,
Le démaillotent et délient ;
Ils mènent grande joie et rient 810
Que, tout sain et riant, le voient ;
Y entendent miracle et croient.
Et l'un d'eux dit bien clairement
Aux autres que sien il le prend,
Car chacun d'eux s'en aiderait 815
Si tous cet enfant lui laissaient :
—Nous vous l'accordons, lui font-ils.
—Seigneurs, j'en ferai donc mon fils."
Alors notre marchand l'a pris.
Au bateau où le roi a mis 820
L'autre enfant, ils vinrent tout droit.
Le premier qui le trouve et voit,
Aux autres, s'enquiert et il prie
Que nul n'en demande partie,
Que moult bon gré leur en saura ; 825

Il dit qu'aussi cher il l'aura,
Si l'enfant vit, veut être preux,
Que ses cousins et ses neveux.
Tous disent : —Qu'il soit vôtre donc,
Voilà bien employé le don.   830
Totalement vôtre il sera,
Nul tord l'on ne vous en fera."
Lors, les deux enfants ont bons pères ;
Mais ils ne les pensent pas frères,
Ce même s'ils disent qu'il semble   835
Qu'ils soient nés tous les deux ensemble.
Si les marchands bientôt retournent,
Le moins qu'ils peuvent ils séjournent ;
Assez tôt furent apprêtés,
Au port n'ont guère séjourné.   840

Mais d'eux je cesse la parole.
Du roi, que deuil et ire affolent
Tant qu'il ne sait se conseiller,
Oyez son faire au réveiller.
Moult au réveil il s'ébahit : 845
—Ah ! Dieu, fait-il, que m'ont trahi
Ces marchands de pute origine,
Qui lors m'ont enlevé la reine !
Loup, moult m'as-tu déconforté,
Qui mon enfant as emporté. 850
Ah ! loup, quel mal que tu sois né !
Tu as ore bien déjeuné,
De mon fils que mangé tu as !
Tu en es bien plus fort et gras !
Ah! loup, pute bête haïe, 855
As soutenu riche défi
En faisant d'innocent un mort !
Vers l'autre enfant j'irai au port ;
Car, quelque ennui que j'en ai eu,
Avis m'est que m'aura bien chu, 860
Si Dieu le recouvrer me laisse."
Dès qu'il peut vers la mer s'élance,
Où il croit trouver son enfant ;
Mais pour un peu son coeur se fend
Lorsque rien de l'enfant ne trouve : 865
Lors sa douleur est toute neuve,
Qui se renforce, et croît, et double ;
Le coeur lui faut, le sang le trouble.
Mais onques dans sa déchéance,
Ne choit en mal désespérance : 870
Il adore Dieu, le grâcie,
En toute heure il le remercie
De tout ce qui lui mésadvient ;
Tant qu'enfin il se ressouvient
De l'aumônière du marchand, 875
Et se dit qu'il est bien moment
Qu'il l'aille prendre et qu'il la garde.
Maintenant par là il s'en part ;
Et lorsque la prendre entendait,

Comme la main déjà tendait, 880
Un aigle vint par grand merveille,
Qui vit l'aumônière vermeille ;
Des mains du roi il l'a ôtée,
Et l'a si fortement heurté,
Des deux ailes en plein visage, 885
Qu'il a chu les dents en la plage.
Et, quand il se fut redressé :
—Dieu s'est contre moi courroucé,
Bien l'aperçois et bien le sais.
Grand lâcheté de coeur pensai : 890
D'un royaume la seigneurie
Me suis-je bien pour Dieu démis ;
Or tant péché m'avait surpris,
Que m'avait aveuglé et pris
Convoitise d'un peu d'avoir, 895
Qui mort, trahi, pouvait m'avoir.
Ah! convoitise déloyale !
Tu es racine de tout mal,
En es la source et la fontaine.
La convoitise est moult vilaine, 900
Car qui elle prend et assaille,
Et plus il a, et plus lui faille.
En tel tourment est convoiteux,
Qu'en abondance est souffreteux,
Tout aussi bien comme Tantale, 905
Qui en enfer souffre long mal.
Il y vit moult mal et l'endure,
Car cette pomme douce et mûre
Lui pend si près qu'au nez le touche,
Et qu'il en a l'eau à la bouche : 910
S'éteint de soif, et de faim meurt.
Ainsi se débat et se heurt,
S'étendant pour la pomme prendre :
Onques assez ne peut s'étendre
Que la pomme d'autant ne fuie 915
Afin que plus lui fasse envie.
En tel tourment, telle justice,
Sont tous ceux qui, par convoitise,

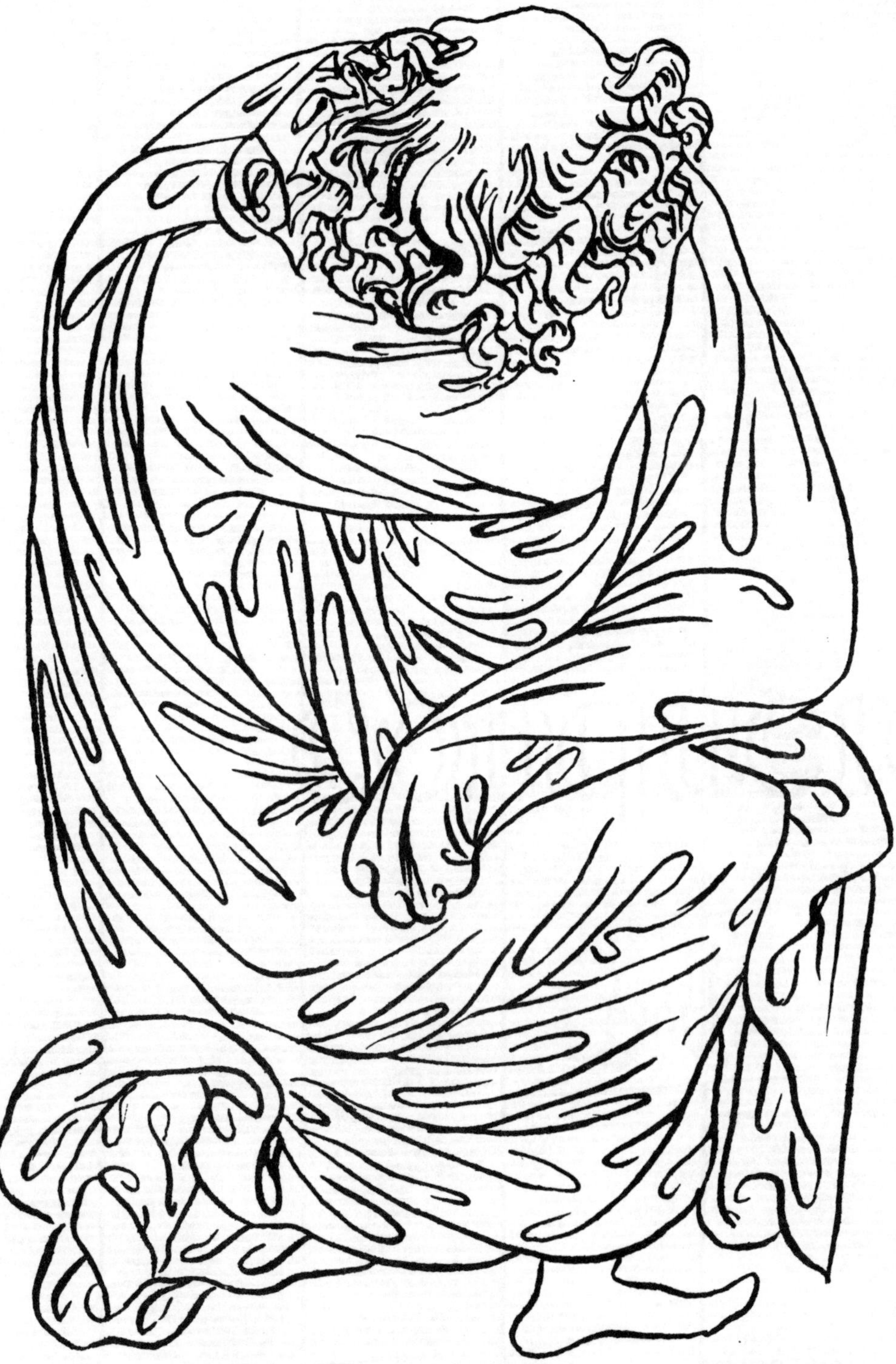

Ont et par muids et par setiers,
Plus que ne leur serait métier(a). 920
Qui a trop rien n'honor' ni sert.
L'on n'a pas tant que cela sert ;
N'a pas l'avoir qui l'emprisonne,
Mais qui le dépense et le donne :
Celui-là l'a, et doit avoir 925
Amis et honneurs et avoir."
Ainsi le roi reprend et blâme
Convoitise, et souvent se pâme
Pour sa femme et pour ses enfants.
Tant est irié, tant est dolent 930
Qu'en aucun lieu ne peut rester :
Ne sait où pourrait s'arrêter,
Car son deuil va le démenant,
Une heure arrière, l'autre avant,
Et quoi qu'il fasse tout le grève. 935
Or s'est assis, or se relève,
Or entre au bois, or s'en revient ;
Ainsi tout le jour se maintient.
Et la nuit pas plus ne l'apaise,
Car n'a place où repos lui plaise : 940
En nulle part ne peut rien voir,
Mais veut aller, mais veut s'asseoir,
Or veut aller, or veut venir.
Il ne sait comme se conduire ;
Mais tant par aventure alla, 945
En haut, en bas, deci, delà,
Qu'encor trouva grande assemblée
De marchands en un vaste pré,
Qui mangeaient sur de blanches nappes,
Ayant fait tables de leurs capes, 950
Et de leurs sacs, et de leurs malles.
Le roi, de deuil et de faim pâle,
Vint où il les vit amassés.
Mieux il lui eut valu assez

---

a/-*Métier :* utilité, usage.

S'être sur des chiens abattu : 955
Allait être très bien battu.
Il les a sitôt salués.
Et eux s'écrient : —Tuez, tuez
Ce vif diable, ce vil larron !
Jamais n'épargnez le bâton 960
Qu'il n'en soit battu et rossé !
Et bras, et jambes, lui froissez,
Qu'il ne puisse pas vous estordre *(a)* !
Il est, je crois, maître de l'ordre
Des homicides, des meurtriers : 965
En est abbé ou cellérier ;
C'est lui qui tous autres régit.
Notre or et notre argent épie ;
S'il pouvait à nous s'assembler,
Penserait tôt le dérober. 970
Or, tôt sur lui !" Valets l'assaillent.
Le roi ne veut pas qu'ils l'empoignent
Et s'enfuit, ne veut s'arrêter
Tant que son pied le peut porter.
Puis vers eux, il ne retourna 975
Jusques à ce qu'il ajourna *(b)*.
Au matin, quand fut ajourné,
Dès qu'ils furent tout atournés,
Qu'il n'y eut plus qu'à se mouvoir,
Le roi, pour le divin espoir, 980
Leur choit aux pieds, et les supplie
Qu'ils le mettent en leur navire.
Et il les prie tant qu'ils l'octroient ;
Pour l'amour de Dieu en qui croient,
Dedans leur nef ils l'ont reçu. 985
Du port, ils se sont bientôt mûs,
Par haute mer sont tant allés
Qu'ils sont au port en sûreté,

---

a/-*Estordre* : ici, échapper.
b/-*Ajourner* : lever du jour ; même construction pour le soir, avec *assérir*.

Et en Galvoie sont parvenus.
Là pour servant est retenu (a) 990
Le roi, près d'un bourgeois aisé,
Qui n'était pas joueur de dés.
Le nommer le bourgeois voudrait :
Le roi dit qu'il dira le vrai ;
Mais il dit le commencement 995
De son nom, moult discrètement,
Dont le final il lui en rogne :
—Sire, fait-il, c'est ma besogne
De vous dire vrai, et vous dis :
En ma terre on m'appelle Gui. 1000
—Or, dis-moi, Gui, que sais-tu faire ?
L'eau d'un puit sauras-tu traire,
Et mes anguilles écorcher ?
Mes chevaux sauras-tu soigner ?
Mes oiseaux sauras-tu larder ? 1005
Ma maison sauras-tu garder ?
Si tu sais la faire bien nette,
Si tu sais mener ma charrette,
Alors mériteras moult bien
Ce que te donnerai du mien. 1010
—Sire, fait Gui, je ne refuse
De faire cela,   encor plus ;
Au jamais pour votre service,
Ne me verrez fainéantise."
En lieu de valet sert le roi 1015
Moult volontiers chez le bourgeois ;
Jamais n'en sera refusée
Chose qui lui soit commandée :
Fait tout sans ire ni rancune.
Il ne refuse chose aucune, 1020
Fût-elle vile ou humiliante.
Si l'un fait raillerie méchante,

---

a/-L'on traduit *serjant* (domestique militaire ou particulier) par servant qui renvoie à l'étymologie : *serviens, servire*. Les servants étaient le plus souvent salariés.

Pour nul défi, pour nul outrage,
De le servir n'est plus en rage ;
Mais il s'incline et le déchausse : 1025
Celui qui s'humilie se hausse,
Ce dit-on, et c'est vérité ;
Hausse l'homme l'humilité,
Et moult l'honore et moult l'élève.
Le roi par son service excelle 1030
Tant qu'il est sire de l'hôtel (a).
Il n'y est pain, ni vin, ni rien
Qui par son commandement n'aille,
Et le bourgeois ses clefs lui baille (b).
Si fait tout comme lui peut plaire. 1035
Je veux ici du roi me taire,
Car l'heure est que dise mon dit
De la reine puis de sa vie.

---

a/- *Sire* a ici le sens remarquable d'intendant.
b/- *Bailler* : ici, donner ; aussi, recevoir.

Or les marchands qui l'emmenèrent
Jusqu'à Surclin ne s'arrêtèrent ; 1040
Là prirent port, là sont restés,
Et là fut bien la nef ancrée,
Tant que la dame releva.
Lors, moult noise et tension leva
Entre tous les marchands pour elle, 1045
Qui à chacun plut et fut belle
Tant que chacun la veut avoir,
Soit par force, soit par avoir.
Mais d'eux nul ne sut raison dire
Pour quoi voulait plus être sire ; 1050
Entre eux la tension est montée
Tant que la chose fut contée
Devant le seigneur du pays,
Qui avait nom Gléolays.
Il n'était roi, ni duc, ni comte, 1055
Mais était chevalier moult bon :
Onques meilleur ne fut Roland.
Ore était si vieux et croulant (a)
Que de lui n'était plus parole :
En tout détruisent et affolent 1060
Beauté d'homme et force et prouesse,
L'ancienneté et la vieillesse.
Quand Gléolays sut l'affaire,
La concorde entre eux alla faire,
Telle qu'égaux tous les en fit : 1065
N'en eurent rien ni lui ni lui.
Mais pour autant ne furent quittes :
Meilleure part, la plus élite
De leur avoir fit emporter,
Et la reine fit emmener 1070
Dedans les chambres de sa femme.
Vieux étaient le sire et la dame.
Certes la reine était moult belle,
Et honteuse comme pucelle ;

---

a/- *Ore* : maintenant.

Si la prit en grande cherté   1075
La dame à sa simplicité.
Pour ce qu'elle était belle et sage,
La moult aima en son courage *(a)*
Gléolays et s'en cela ;
Tant qu'onques ne s'en déclara   1080
Tant que furent, cela me semble,
Entre lui et sa femme ensemble.
La dame mourut avant lui.
Il reste sans fille et sans fils,
Car nul enfant ils n'avaient eu ;   1085
Il pense qu'il lui est bien chu,
Car il pourra pour femme prendre
Celle qu'il lui plaisait d'entendre ;
Longtemps pensé il y avait,
Hormis que dit ne lui avait.   1090
L'amour plus n'y sera celée :
En conseil l'en a appelée
Gléolays, et il la prie
D'être sa femme, et son amie ;
Tous les jours qu'il sera en vie,   1095
Sera son amant, son ami :
—Dame, fait-il, je vous octroie
Toute ma terre libre et moi ;
Plus que mienne, que vôtre soit,
N'en perdrez sillon après moi,   1100
Car je n'ai d'héritiers, moi mort,
Qui puissent vous en faire tord.
Ja, puisque vous sera livrée
Et de par ma troupe assurée,
Ne naîtra qui, dispute y mette.   1105
Je ne sais que plus vous promettre ;
Mais s'il vous plaît, voyez ici
Votre seigneur, et votre ami."
La dame vers terre s'incline ;
Si se souvient qu'elle fut reine :   1110

―――――――

a/- *Corage* : ce qui participe du coeur.

Etre à présent à un baron
Avilirait par trop son nom.
Lors pense ce que peut répondre :
Tôt se ferait brûler ou tondre,
Que jamais par cette manière, 1115
Ni par force, ni par prière,
Ni par terre, ni par avoir,
Elle veuille ami, sire, avoir,
Si le sien même elle n'en a.
Elle doute encor si l'aura, 1120
Ne l'espère, ni ne le pense ;
Mais elle fera moult défense :
—Beau sire, fait-elle, m'entend
Un petit peu moult doucement :
Que tes prières Dieu entende, 1125
Et fruit de ce bien, qu'il te rende,
Que tu m'as fait en ta maison !
Beau sire, jugez par raison,
D'une garce, d'une vilaine,
Si l'on doit faire châtelaine. 1130
Tu es un baron châtelain,
Et mon père fut un vilain ;
Et je suis tant sotte et chétive,
Que c'est péché que je sois vive.
N'est de ma vie profit, ni joie, 1135
Et si tu veux, le vrai en vois,
Mais que ce soit chose celée.
Sire je fus nonne vouée,
Puis m'enfuis hors de l'abbaye,
Et menai déloyale vie : 1140
Par terre fis ma destinée,
Vile aux communs abandonnée,
Car nul n'en allait refusé.
Mais pour Dieu ! ne m'en accusez,
Si ma confession vous ai dite. 1145
Je suis vile garce et dépite ;
Ne dois avoir si beau seigneur.
Y a encor bien supérieure
Raison, si j'osais vous la dire ;

Mais celle-ci vous doit suffire. 1150
—Amie, que ne vous en taisez?
Et sachez que tant me plaisez,
Tant par beauté que par savoir,
Que pour femme vous veux avoir.
Quelque chose que faite ayez 1155
Jusqu'ici, ne vous émouvez ;
Car suis aussi moult entaché
De folies comme de péchés.
J'ai fait moult à ma volonté.
Vos péchés, votre parenté 1160
N'empêcheront que je vous prenne.
Ne savez-vous que la châtaigne,
Douce, plaisante, naît de cosse,
Apre, poignant, de grande angoisse?
Je ne sais qui fut votre père ; 1165
Mais fût-il roi ou empereur,
Que vous ne pourriez plus valoir.
On ne sait aux héritiers voir
Maintes fois qui le père fut.
Maints mauvais sont de bons issus, 1170
Et des mauvais naissent les bons.
Douce amie, vois ici le tien,
Et me veuille être douce soeur.
Je suis tout tien de si bon coeur,
Que rien n'importe en la matière. 1175
Jamais ne t'en aurai moins chère;
Y trouve honneur qui se châtie
De mauvaiseté et folie ;
Et il doit en avoir grand honte,
Qui ne se corrige ni dompte : 1180
Tu t'es corrigée et domptée,
Ore Dieu t'a si haut montée,
Qu'il veut que tu sois mon épouse."
Des larmes de ses yeux, arrose
La reine par toute sa face : 1185
Ne sait que dire ni que fasse;
Mais si ne le peut engigner *(a)*,
Appartenir ni s'aligner *(b)*

Elle ne doit en tant que femme.
Lui serait beau qu'elle soit dame 1190
De la terre, quoi qu'il advienne,
Pour qu'après lui elle la tienne,
Qui était ja chenu et vieux ;
Mais d'autre part, il vaudrait mieux
Qu'on la brûle et par chevaux traite, 1195
Plutôt que de son corps soit faite
Quelque charnelle compagnie.
Elle veut l'un, et l'autre ni.
Veut la terre, de lui n'a cure ;
Et cependant, si le rassure, 1200
Mais, qu'un an, répit soit gagé
(Et qu'elle pourra prolonger),
Que dans l'an lui soit assurée
Sa terre et la lui soit jurée.
Elle dit, pour que lui octroie 1205
Celui qui l'aime tant qu'il croit
Tout ce qu'elle veut qu'il entende :
— Beau sire, si je vous demande
Jusqu'à un an terme et répit,
C'est qu'il me fut mandé et dit, 1210
Là où je vins à repentance,
D'être trois ans en pénitence,
Et que je fasse telle peine
Que nulle compagnie ne prenne,
Jusques à trois ans, d'aucun homme : 1215
Sire, c'est l'apôtre de Rome
Qui pénitence me chargea.
Ne toucherez à ma chair ja,
Que soient outrepassés ces ans ;
Je vous en aimerai d'autant. 1220
Deux ans me suis ainsi tenue,
Et suis au troisième venue,

―――

a(Cf. page précédente)/ *Enginer* : tromper par ruse.
b(page précédente)/ Aligner traduit ici *relignier* : entrer dans un lignage.

Et jusqu'à cet an dépassé,
M'attendre pouvez-vous assez *(a)*.
Cependant, à ma volonté,   1225
Si Dieu ne m'en savait mal gré,
Si n'était mon âme encombrée,
Vous m'auriez déjà épousée.
Mais je suis folle, qui vous crois !
Vous vous moquez, je crois, de moi.   1230
Vous moquez-vous ? ne le celez ;
Jamais par jeu ne m'en parlez,
Car vous ne vous feriez louer,
D'une folle garce moquée.
—Ah ! fait-il, belle douce amie,   1235
Par Dieu, ne vous faites mépris,
Et n'allez vous imaginer
Que je vous ai en rien moquée.
Aussi, c'est une sûre affaire,
Et avant peu, vous verrez clair   1240
Si je me suis moqué ou non.
—Sire, donc me donnez le don
Du répit que je vous demande,
Ce ne pourrait être autrement."
Lui répond : —Je le donne bien ;   1245
Mais apprenez que je n'ai soin
De repousser le mariage."
Et elle dit, qui fut moult sage *(b)* :
—Beau sire, soit, puisqu'il vous sied,
Mais du surplus ne vous souciez."   1250
Maintenant, sans que répit querre,
Il mande par toute sa terre,
Qu'à femme s'est juré, s'y fie,
Qu'il veut qu'honorée et servie
En soit de tous ; qui ne sera   1255
A cette noce qu'il fera,
Qu'il soit prudhomme ou chevalier,

---

a/- *Assez* : beaucoup (entendre ici : avec confiance).
b/- *Sage* : habile.

Sera en justice cité.
Maintenant à la cour s'assemblent
Des gens qui moult mal se ressemblent : 1260
Et chevaliers, servants, jongleurs,
Et fauconniers, et puis veneurs,
Clercs, chamoines de ses domaines,
Devant Gratienne tous amène
Celui qui l'avait épousée. 1265
Nul ne l'a vue et regardée,
Qui ne dise: —Elle n'est pas sotte ;
Mais mon seigneur certes rassote (a) :
Si onques femme je connus,
Elle prend la terre, et non lui ; 1270
Lorsque lui la prend toute seule,
Car elle a pleine et blanche gorge,
Visage clair, et couleur fraîche,
Qui à mon seigneur sont aêches (b) ;
Or l'a épris et attisé 1275
Tant qu'elle l'a fort bien pêché.
Mais messire a mal oiselé ;
Qui conseil lui en a donné
Qu'il épouse cette chétive ?
Elle deviendra moult jolive (c), 1280
Et moult noble, et moult méprisant,
Car elle n'a ses vingt-six ans ;
Voudra faire tous ses plaisirs,
Et aura peu des siens mon sire.
Jamais mon seigneur, ce sais bien, 1285
Ne prisera valeur d'un chien
Qu'on laisse mort là où il est.
Que chaut ! qu'il fasse quoi lui plaît.
Je ne crois pas, tant il est vieux,
Qu'il voit plus d'un an de ses yeux." 1290
Ainsi des uns vont les paroles ;

---

a/- *Rassoter* : devenir sot d'amour.
b/- *Aêche* : appât, pour la pêche (mot encore employé).
c/- *Jolif* : gai, beau, amoureusement ardent.

D'autres dansent, et cabriolent :
Au palais la joie s'est émue,
Et après, le sire a reçu
Sa femme des mains d'un abbé :   1295
Furent rires et quolibets,
Car tôt, par blagues et visées (a),
Des noces l'on a devisé.
Elles eurent pourtant joie moult.
Toute la cour frémit et bout ;   1300
Toute la nuit, tous dansèrent ;
Et sachez que point ne s'aimèrent,
Cette nuit, et dame et sire ;
Ni onques, à vérité dire,
L'un à l'autre le proposa :   1305
Plut à l'une, à l'autre pesa.
Avant que les gens soient partis,
Il voulut que leur foi confient
Tous à la dame, et ils le firent,
Puisque sa volonté y virent.   1310
Tous lui déclarent féauté,
Et promettent que loyauté,
Toute sa vie, ils lui feront,
Que, s'il lui plaît, moult l'aimeront.
Elle le voulut, s'en peina ;   1315
Si sagement se démena,
Et si douce elle se maintint,
Que l'aimer à tous fort convint.
Par sa douceur, par sa franchise,
L'amour de tous est tant conquise,   1320
Qu'à faire chose qui lui plaise,
Chacun crie qu'en lui est grande aise :
Ne croient jamais venir à temps
Tous qui au mieux sont désirants
De la servir, et honorer.   1325
Ore ne veux plus demeurer
En ces paroles où je suis.

---

a/- *Visée* : mot d'esprit railleur.

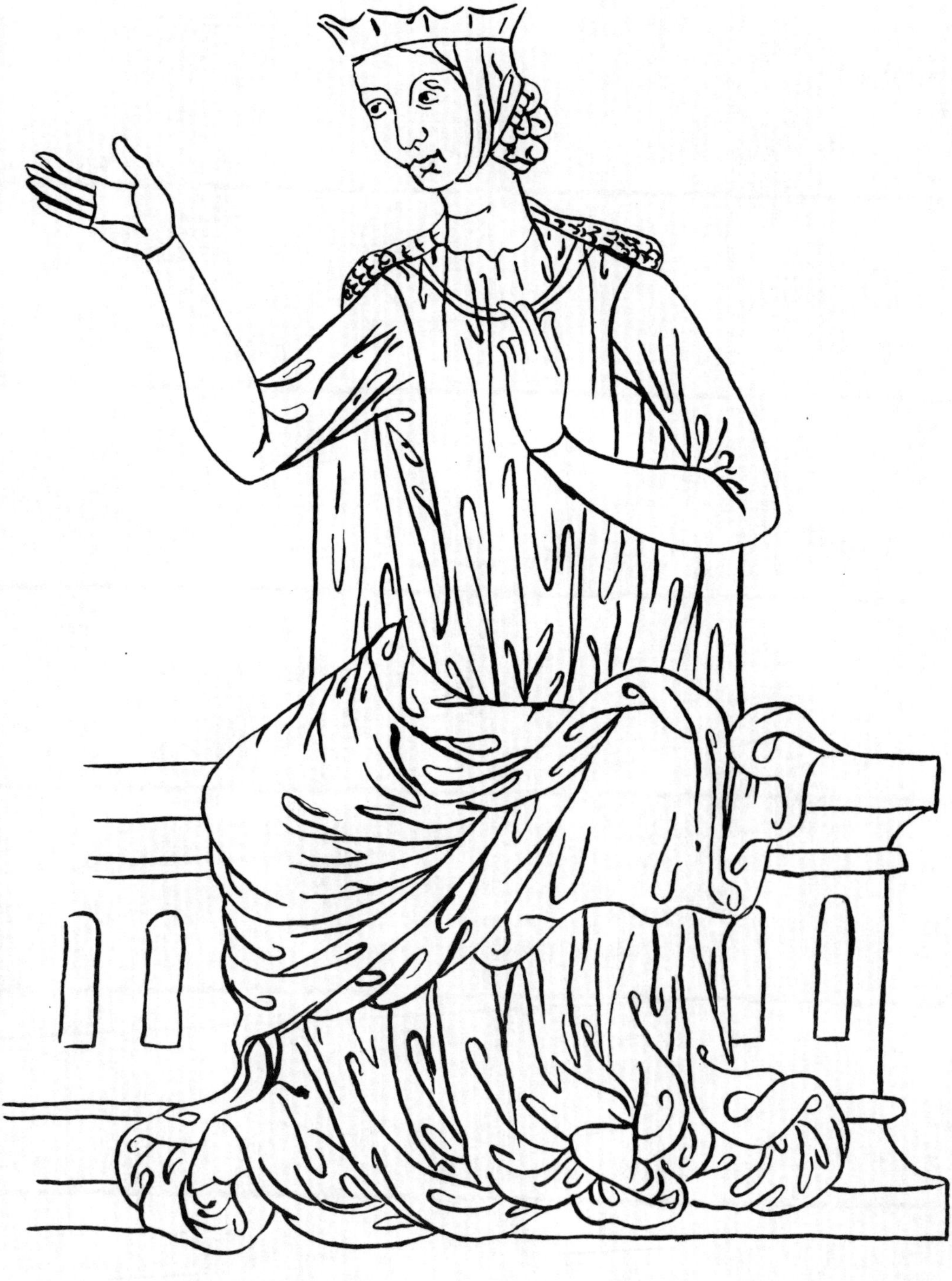

Vous ai conté tant que je puis
De la reine pour cette fois ;
Des deux enfants ore est-il droit   1330
Que vous sachiez ce qu'ils devinrent.
Le port en Catenasse tinrent
Les deux marchands qui les nourrirent.
Là au moutier porter les firent,
Ainsi furent chrétiens nouvels.   1335
Firent appeler l'un Lovel :
Lovel pour le loup le clamèrent *(a)*,
Qu'en milieu de chemin trouvèrent,
Et qui le tenait par les reins ;
Ainsi le loup fut son parrain.   1340
Et l'autre Marin le nommèrent,
Pour ce qu'il fut trouvé en mer.
Quand les enfants baptisés furent,
S'amendèrent tant et tant crûrent,
Que, eux venus à leurs dix ans,   1345
Le monde n'eut si beaux enfants,
Ni plus courtois, ni plus enjoués,
Comme les avait éduqués
Une nature qui tant vaut
Que pour nourriture ne faut *(b)*.   1350
Telle est Nature, qu'onc ne fausse.
Toujours porte en elle sa sauce :
Mais l'une est douce, l'autre amère,
L'une est trouble, puis l'autre claire,
L'une est vieille, l'autre nouvelle.   1355
En l'une est girofle, et cannelle
Et cardamone et noix muscade,
Qui s'est dans du jus de grenade,
A du fin baume, détrempée ;
Et l'autre est si mal atrempée,   1360
Qu'il n'y a ni cire ni miel,

---

a/-*Clamer* : nommer.
b/-*Nourriture* : don fusionnant les biens naturels, sociaux et spirituels ; éducation. *Falloir* : manquer.

Qu'elle est de gomme puis de fiel,
Et de venins, et de toxiques.
Par nulle raison de physique *(a)*,
N'en peut guérir ni reposer   1365
Qui nature fait en user.
Ainsi la nature est en l'homme,
Ainsi est l'homme, c'en est la somme.
La nature a donc un grand faix,
Qui fait le bon et le mauvais.   1370
Si nature se pût changer,
Les enfants, sous l'autorité
Des deux vilains qui les nourrissent,
Tant dedans vilenie pourrissent
Qu'ils seraient vils, si nourriture   1375
Se pouvait combattre à nature ;
Mais telle est leur bonne origine,
Tant les apprend et endoctrine,
Qu'ils ne daignent se mauvaisser.
Ne peuvent vilains s'abaisser,   1380
Quelque nourriture qu'en aient ;
Etre en gentillesse leur plaît,
Et s'y attachent par eux-mêmes ;
Par nature ont toutes les limes
Dont ils se lavent et écurent *(b)*.   1385
Mauvaiseté onques ne burent
Qui dedans leur coeur pût germer,
Ni reprendre, ni raciner,
Qu'ils ne l'en aient moult tôt tranchée,
Et extirpée, et arrachée.   1390
Mais ce leur advint pour bon prix,
Qu'en voisins ils furent nourris ;
Si se connurent dès l'enfance.
Mais n'eurent d'autre connaissance,
Ne surent point qu'ils étaient frères ;   1395
Ils croyaient pour vrai que leurs pères

---

a/- *Physique* : médecine.
b/- *Ecurer* : « débarrasser de toute ordure » (Littré).

Etaient ceux chez qui ils vivaient ;
Par nulle chose ne pensaient
L'un à l'autre s'appartenir ;
Mais moult leur plaisait se tenir   1400
Toujours de compagnie ensemble.
Si disait-on: —Ne se ressemblent
Ces enfants, tel à celui-là ?
Regardez quels cheveux lui a,
Si l'autre les a bien variés,   1405
Et autres yeux, et autre nez,
Autre bouche et autre menton ?
Ils sont tous deux d'une façon.
Leur parole est si bien toute une
Que, si en oyiez chacune,   1410
Mais que les enfants ne vissiez,
Vous penseriez, et bien croiriez,
Quand les auriez ouïs tous deux,
Que n'a parlé qu'un seul d'entre eux.
Et de si grand amour s'entr'aiment,   1415
Que pour peu frères s'entreclament :
De tels enfants est-ce merveille ;
Et l'un à l'autre se conseille,
Sans, d'autres enfants, avoir cure ;
Je crois qu'il leur vient de nature,   1420
Aussi de ce qu'ils les dédaignent,
Que d'autres ne les accompagnent.
Que soit honnie toute ma gorge,
S'ils furent onques de la forge
De dam Gosselin ou Foukier !   1425
Chacun d'eux a le sien moult cher ;
Moult les ont chers, ce à grand droit,
Car ils sont moult beaux et adroits ;
Bien semblent jumeaux, si sont-ils,
Et paraissent francs et gentils."   1430
Des deux enfants ainsi devinent
Les gens, qui du bien leur destinent,
Et disent : —Pour vrai, ces enfants
L'un et l'autre ne sont semblant
A dam Foukier et Gosselin,   1435

Pas plus qu'aux vêpres le matin.
Cependant, quoi qu'ils en voient dire,
Les deux marchands vont requérir
Métier qu'ils leur feront apprendre :
Sauront mieux acheter et vendre 1440
S'ils connaissent quelque métier.
Dam Gosselin en pelletier
Veut mettre Lovel, le lui dit ;
Mais lui fortement s'éconduit.
Il jure que jamais n'ira 1445
Si son copain Marin n'y va *(a)*.
Et de cette pareille chose
Dam Foukier querelle et puis cose *(b)*
Marin ; quoi qu'il dût arriver,
Si Lovel n'est en l'atelier, 1450
Lui dit qu'il ira aussi peu.
Ainsi les enfants, tous les deux,
Se défendent : et les vilains,
Qui moult se travaillent en vain,
Contre terre tous deux abattent, 1455
Et des pieds et des poings les battent,
Chacun le sien en son hôtel.
Mais les enfants ne furent tels,
Qu'ils osent braire ni crier.
Certes, l'on ne se doit fier 1460
Aux vilains, puisqu'ainsi s'aoursent *(c)*,
Plus que l'on se fie à des ours :
Vil irié, vice contrefait.
Dam Foukier s'est tant échauffé
Contre Marin, qui s'enorgueille 1465
Et n'entend faire rien qu'il veuille,
Qu'il l'appela enfant faquin,
Qu'il a trouvé sur le chemin,

---

a/- L'ancien *compain(g)*, qui donne compagnon et l'actuel copain, désigne ceux qui mangent ensemble leur pain.
b/- *Coser* : blâmer.
c/- *S'aourser* : se faire tel ours, furieux, méchant.

Car une garce négligente,
En vieux pan de cotte rapante, 1470
L'avait mis sur la mer, en vue
D'une forêt de Guernemue ;
Si fut-il en bateau trouvé.
Ore vilain s'est éprouvé :
Sa sauce vous a-t-il donnée, 1475
Qui est faite de scammonée.
Langue de vilain soit honnie,
Et sa nature Dieu maudisse !
Honnis soient son cœur et sa bouche !
Quand Marin ouït le reproche, 1480
Eut moult grand honte et grande angoisse ;
Et le marchand le bat et froisse,
Comme un félon, par vileté,
Par émoi et contrariété,
Courut à son coffre, y a pris 1485
Le pan qu'y avait jadis mis,
Le lui apporte et le lui rend.
Moult volontiers Marin le prend ;
Il l'a sous sa cape enfoncé,
Etroitement enveloppé, 1490
Car avait affublé sa cape,
Afin que tôt il lui échappe.
Par la grand porte il va fuyant,
Des yeux, de sa face essuyant
Les larmes qu'il avait pleurées. 1495
Mais il est de lui ignoré
Que son bon ami, son copain,
Fut aussi battu comme un chien,
Par dam Gosselin, et traîné,
Et puis mêmement ramponné, 1500
Insulté pis que se pouvait :
Comme au loup enlevé l'avait,
Et comment était-il langé
En un pan d'une cotte usée.
Le vilain tout lui reprocha, 1505
Tel celui qui male bouche a,
Et dit et fait le pis qu'il peut

Ainsi que nature le meut ;
Cependant par là du bien fit,
A ce près que garde n'y prit, 1510
Ni bien faire n'y entendit,
Car à l'enfant le pan rendit,
Où enveloppé le trouva.
Ainsi mal et bien s'en prouva.
Fit mal selon son intention, 1515
Puisqu'il n'y entendait nul bon,
Et bien puisqu'à l'enfant il plut.
Si fit-il bien, si ne le sut.
Et Lovel qui si fort pleurait,
Que tout jusqu'au menton était 1520
Des larmes de ses yeux mouillé,
S'est devant lui agenouillé ;
Il lui dit en pleurant : — Beau sire,
M'avez nourri, mieux que puis dire,
Moult doucement jusques ici : 1525
Ore prie à votre merci,
Car je me dois à départance,
Et prie qu'à cette désalliance,
Me donniez congé sans courroux ;
Car je suis certes vôtre en tout, 1530
Le suis, serai, et ce doit être.
On ne doit pas haïr son maître,
Ni l'outrager, ni dédaigner,
S'il nous bat pour nous enseigner ;
Et mauvaise nature prouve 1535
Qui, du bien en un autre trouve,
Qui maintes fois lui a bien fait,
S'il le laisse pour un méfait.
Vous, qui tant m'avez fait de bien,
De ce vous ne m'en deviez rien, 1540
S'il ne vous venait de franchise ;
Avez en moi tant peine mise
Que comme l'apprends ici même,
Vous m'avez rendu à moi-même :
Donc ai-je bien la vie par vous, 1545
Que m'avait enlevée le loup

Quand vous m'enlevâtes à lui.
Ce que je vis, et que je suis,
Le suis par vous, très bien l'octroie,
Car vous avez tant fait pour moi   1550
Que m'ôtâtes d'un tel péril.
N'eût pu le faire pour son fils
Nul père, ce m'échut vraiment.
Or je vous laisse tristement ;
Mais sachez bien, par toute voie,   1555
Que serai vôtre où que je sois ;
Car on doit plus celui aimer
De qui on ne peut réclamer,
Que celui sur qui on a droit,
Lorsque sert plus qui rien ne doit."   1560
Lorsque le vilain là entend
Que cet enfant si doucement
Connaît les biens qu'il lui a faits,
Il lui dit : — Or soyez en paix,
Beau fils, car je vous ai menti.   1565
Aussitôt je me repentis,
Que cette fausseté j'ai dite ;
Mais devez bien me dire quitte
Pour ce que j'étais courroucé.
Or vous n'êtes guère blessé,   1570
De la chose dite : de fait,
Nul coup de langue ne fait plaie.
Soyez en paix, et demeurez
Là près de moi, et apprenez
A commercer comme je fis.   1575
Qui est riche, moult trouve amis ;
Et si, est moult vil, qui rien n'a,
Ja nul ne lui appartiendra,
Ne l'aimera ni prisera.
Si au service d'autrui vas,   1580
En étant pauvre, bien tous ceux
Qui te verront t'auront pour peu ;
Car le sage pauvre, en ces jours,
Est pris pour fou en toutes cours,
Et l'on tient le fou riche, sage ;   1585

C'est désormais en tout l'usage.
Pour ce te conseille et commande
Que ja ne te soucies comment
Tu peux de l'avoir assembler,
Si tu veux un sage sembler." 1590
De tout cela l'enfant n'a cure :
N'a soin de prêter à usure,
Car sa nature l'en éloigne.
—Sire, fait-il, que soit mensonge
Ou vérité ce que vous dites, 1595
Juste est que vous en soyez quitte :
Nul mauvais gré ne vous saurai.
Mais sachez le bien, ou j'aurai
Congé de vous sans plus attendre,
Ou je m'en irai sans en prendre ; 1600
Comme un voleur, à dérobée,
M'en irai une matinée
Si vous ne me donnez congé.
—Beau doux fils, or donc demeurez
Cette nuit, jusques au matin. 1605
—N'ai que faire de ce latin,
De cette prière n'ai soin ;
J'irai encor ce jour moult loin,
Si d'ici j'étais détourné.
—Tu n'es encor bien atourné, 1610
Ni apprêté selon mes vœux.
—Vous allez parlant de trop peu,
Car ne me faut rien, que je sache.
—Si fait : chausses de peau de vache,
Et éperons, cape de pluie. 1615
Te donnerai (ce moult m'ennuie)
Un roncin et un palefroi :
J'aurai donc tant perdu par toi !
—Ah ! sire, Dieu vous en défende,
Me donne pouvoir de vous rendre 1620
La récompense avant que meure ! "
Il lui donne cape de bure,
Dont l'enfant se fit moult joyeux,
Des chausses, des éperons vieux ;

Puis prit deux roncins couleur fer,   1625
Grands et rapides, qui bien errent,
Les fit seller, leur mettre freins.
Un garçon, qui eut nom Rodain,
Lui fut donné comme écuyer ;
Ce ne devait point l'ennuyer ;   1630
Non, fit Lovel, plutôt lui plut.
Arc et puis flêches Lovel eut,
Si commande-t-il au garçon
De les prendre comme l'arçon (a).
Celui-ci les prend avec l'arc.   1635
Deniers jusqu'à valeur d'un marc
Dam Gosselin leur a prêtés,
Et dit : — Ja ne vous arrêtez
En nul lieu, le conseille bien,
Si vous n'y voyez votre gain ;   1640
Mais à moi vous en retournez."

---

a/- *Arçon* : petit arc.

Ore est Lovel bien atourné,
Si prend-il congé, si s'en tourne ;
Mais un ennui moult grand le tourne,
Lorsqu'au départ Marin ne voit. 1645
Qu'il est de par la ville il croit,
Comme pensait de lui Marin ;
Une chose pense chacun,
Tous deux un seul espoir avaient,
Quoique aventure ne savaient, 1650
Qui aux deux était advenue.
Une voie ont tous deux tenue ;
Lovel, qui était à cheval,
Est tant allé qu'au pied d'un val,
Marin au devant lui a vu. 1655
Pour autant ne l'a reconnu,
Car de lui garde ne se donne ;
Cependant pique et éperonne
Son cheval pour franchir la côte,
Tant qu'il en fait le long des côtes 1660
Saillir le sang pour mieux aller.
Marin voit Lovel avaler
Et Rodain, qui le suit après,
Car tant qu'il peut le suit de près ;
S'étonne fort de qui ils sont : 1665
Mais pour ce que vivement vont,
Craint que pour lui mal faire ils viennent,
Ou bien pour ce qu'ils le retiennent
Et qu'ils veuillent le ramener.
Il pense devoir se peiner 1670
Pour fuir le mieux qu'il le pourra ;
S'il peut au refuge courra,
Car devant une forêt voit :
S'y venir avant eux pouvoit,
Pour toujours perdu ils l'auraient ; 1675
Jamais nouvelles n'en sauraient,
Tant était petit et menu.
Si, aux buissons, était venu,
Si bien dedans se cacherait
Que jamais trouvé ne serait. 1680

Ainsi, Marin, qui ne se garde,
Veut quérir son mal ; il lui tarde
Qu'il soit en la forêt tapi.
S'il avait volé des tapis,
Il n'eût pu y venir plus tôt,   1685
Ou s'il avait vu le prévôt,
Pour le prendre, venir à lui.
Mais Lovel, sur tel roncin sis,
En fort peu d'instants l'a atteint.
Marin le voit, tôt en a teint   1690
Le vis de honte, car ne doute *(a)*
Qu'il sache la vérité toute,
Pour laquelle il s'était enfui.
Et Lovel s'est tant réjoui,
Quand il vit que c'est son copain,   1695
Que descendre tôt n'a fait moins.
Ainsi saute à terre et le baise,
Et dit : — Copain, à grand mésaise
Je suivais maintenant ma voie,
Quand ne vous avais avec moi ;   1700
Car je croyais, par le saint Père,
Que vous étiez chez votre père.
Or dites-moi, bel ami cher,
Votre père, sire Foukier,
N'est-il contre vous courroucé ?"   1705
Lors a Marin les yeux dressés,
Qu'inclinés vers terre il avait,
Quand il ouït qu'il ne savait
De l'aventure nulle chose ;
Dire tout le vrai il ne l'ose   1710
Pour ce qu'il craint d'avoir grand honte,
Si ce n'est qu'il dit et raconte
Qu'il l'avait battu et chassé
De sa maison, et menacé
D'arracher ses yeux de la chair,   1715
Car voulait pelletier en faire.

---

a/- *Vis* : visage.

—Pelletier ? Que ja Dieu n'en rie!
Que choit male pelleterie,
Ami, par la foi que vous dois!
Autant voulait faire de moi 1720
Mon père, sire Gosselin;
Ne sais putois ni zibelines
Qu'il voulait me faire parer.
Comme j'osai le refuser,
Me battit tant qu'en ai douloir ; 1725
Cependant, comme à mon vouloir,
Me suis à mon gré en tourné,
Ainsi vêtu et atourné.
Et si vous eusse eu avec moi,
Ou vous avais su devant moi, 1730
Nulle chose ne m'eût manqué.
—Certes, rien ne m'eût inquiété
Du courroux de père, vraiment,
Si j'avais de vous seulement
Pensé la compagnie avoir. 1735
Mais ore serait bon savoir
Par où nous devons cheminer.
—Ami, ne sais le deviner,
Si l'aventure ne nous mène.
Nous avons pour cette semaine 1740
Assez deniers à dépenser.
D'ici à sept jours dépassés,
A nous l'aventure viendra
D'un seigneur qui nous retiendra ;
A cela ne pouvons faillir." 1745
Ils voient alors un daim saillir,
Jeune, petit, hors d'une haie.
Marin dit à Lovel qu'il traie.
—Je le ferai, dit-il, sans faille."
Rodain, son écuyer, lui baille 1750
Une flèche avec l'arc tendu.
Le coup, le daim l'a attendu,
Qui pâturait en quelque avoine.
Lovel, droit la maîtresse veine
Du coeur, le frappe, et le daim brait. 1755

Grand joie de ce coup Marin fait,
Le daim choit mort sans pâmoison,
Les enfants, vers leur venaison,
Vont tant courant que tôt s'essoufflent,
Sur un de leurs roncins la troussent.   1760
Puis ils sont en grand joie montés,
Font à Rodain telle bonté,
Qu'un d'eux derrière lui le porte.
Lovel, avec son arc, s'emporte,
Et par le bois il tire dru.   1765
Sont tant allés qu'ils sont venus
Au ru d'une claire fontaine,
Dont l'eau était et claire et saine ;
Le bois était autour moult beau,
Et l'herbe verte, et le ruisseau   1770
Courait parmi fine gravelle *(a)*,
Qui était plus luisante et belle
Que le fin argent épuré.
Ils voient une hutte à côté,
Qui était en terre nouvelle ;   1775
Au milieu Marin et Lovel
Ont arrêté, sont descendus.
Dedans la hutte ils voient pendu
Un cor à une branche perche.
Partout Marin s'enquert et cherche,   1780
Mais n'y trouve nulle autre chose.
La hutte était de ramée close
Et bien couverte pour la pluie.
Pour les deux enfants rien ne nuit,
Ni la fontaine, ni la loge.   1785
L'un des enfants dit : ―Je propose
Que prenions ici notre hôtel.
Rodain, et pain, et fût, et sel,
Aille en la ville, et là les querre,
Qui sait le pays et la terre.   1790
―J'irai, fait-il, moult volontiers.

―――――

a/-*Gravelle* : gravier.

Ici est la voie, le sentier,
Qui à une abbaye va droit,
Où secours et aide j'auroi,
De pain, et de sel, et de vin, 1795
A ce que je pense en devin.
—Va, Dieu t'ait fait bien deviner!"
Il va, sans vouloir s'arrêter,
Tant qu'à porte des moines vient;
De tout cela qui lui convient 1800
A demandé, et on l'en charge;
Fort trouva le cellérier large:
Nulle chose ne refusa,
Et non plus Rodain n'oublia:
Et de vin pleine outre de bure, 1805
Et feu pour la venaison cuire,
Et pain et sel a giron plein.
Ja avaient écorché le daim
Les enfants, et fait leurs lardés *(a)*,
Quand l'un d'entre eux a regardé, 1810
Et voit venir l'autre courant,
Qui n'allait pas en demeurant.
Et aussitôt qu'ils l'aperçoivent,
En courant à lui viennent droit,
Et lui crient qu'il soit bien venant. 1815
Ils ne vont guère dédaignant
De décharger et recevoir
Le vin qu'il leur apporte à boire,
Le pain, et le sel, et le feu.
Tous trois furent servants et queux 1820
Pour leur venaison atourner,
Et moult leur eût plu séjourner
Au bois, s'ils eussent eu le temps.
Avant que de manger fut temps,
Vint à la hutte un forestier, 1825
Dont la baillie et le métier
Etait de la forêt garder.

---

a/-*Lardé* : filet.

N'y osait tirer ni chasser
Nul, qu'il soit riche ou de puissance,
Etranger ou de connaissance. 1830
Lorsque dans cette hutte il trouve,
Qu'il avait faite toute neuve,
Les enfants, moult fut courroucé :
Envers lui Lovel s'est dressé,
Et Marin, qui l'ont salué ; 1835
Le virent chaud et très-sué
D'ire et de maltalent qu'il eut (a).
Il ne répond à leur salut,
Mais leur dit : —Etes pris à mort ;
Etes arrivés à mal port, 1840
De par ce Dieu en qui je crois !
Vous mènerai devant le roi ;
Il vous fera pendre, ou défaire,
Couper les poings, ou les yeux traire,
Pour son daim, que vous avez pris." 1845
Lovel répond : —Beau doux ami,
Dieu pourra bien nous en défendre.
Chose pour quoi nous devions pendre,
N'avons fait, je pense, aujourd'hui.
Nous donnez trêve pour la nuit, 1850
Demain, lorsque le jour sera,
Nous irons là où vous plaira.
Et pour paix et pour trêve avoir,
Vous donnerons tout notre avoir.
Valeur d'un marc d'argent avons : 1855
S'il vous plaît, vous la donnerons.
Or prenez la, vôtre merci,
N'avons plus ailleurs, ni ici.
Si, plus, nous pouvions vous donner,
Ja n'y eût à nous sermonner." 1860
L'autre répond :—Je vous l'accorde ;
Mais me mettez l'argent au poing :
Trêve sera bien établie."

---

a/-*Maltalent* : mauvaise intention.

La bourse qu'il avait enfouie,
Rodain la sortit et délia ; 1865
Tous les deniers donnés lui a.
Et lui moult volontiers les baille,
Qui de par convoitise baille,
Puis il leur dit : —Je vous octroie :
N'ayez ce jour crainte de moi." 1870
Lors se rassurent les enfants,
Toute la nuit firent joie grand,
Et mangèrent assez et burent ;
Sur leurs panneaux, à terre, churent *(a)*,
Car ni lit ni paille n'y eut. 1875
Le forestier, ce dès qu'il put
Revoir le jour, les éveilla ;
Alors Rodain appareilla
Les chevaux où, monter, les fit.
Au devant de la voie se mit 1880
Le forestier, (bien la savait,
Car été souvent y avait);
Ont leur chemin si droit tenu
Qu'aux hautes vêpres sont venus
Devant le roi de Catenasse. 1885
Tous les trois le saluent en masse ;
Du forestier en fut connu
Le vrai, que dire lui fallut.
Il fait : —Sire, hier traversèrent
Parmi le bois, et y chassèrent 1890
Un des daims de votre forêt,
Ces enfants, que je vous remets ;
Pour ce je vous les ai menés.
S'il vous plaît, justice en prendrez ;
Mais l'on ne doit d'aucune guise, 1895
De tels enfants prendre justice,
Sachez que ja ne les eus pris,
Si vers vous ne m'étais démis
De ma foi et de mon serment.

---

a/- *Panneau :* coussin de selle.

Pour ce je les pris seulement 1900
Que de mon serment j'aie acquit."
Le roi répond : —Assez as dit,
Et as bien fait ce que tu dois.
Je vois enfants beaux et adroits,
Qu'à ma cour je veux retenir. 1905
Grand bien pourra leur en venir,
S'ils sont et sages et courtois."
Lovel répond : —Beau sire roi,
Nous n'allions quérir autre chose,
Vôtre merci ; or moult joyeux 1910
Sommes, que nous ayez reçus.
—Enfant, fait-il, sois bien venu,
Toi comme ton frère avec toi.
Car êtes frères, ce je crois."
Lovel répond : —C'est Dieu, beau sire, 1915
(Ne le dis pour vous contredire),
Qui en vient lui-même en garant :
Ne sommes frères ni parents.
—Tais-toi, fait-il, ce ne peut être :
Car deux enfants ne peuvent être 1920
Si semblables en toutes choses.
Etes frères, le dire n'oses.
Que chaut ! soyez frères ou non,
Dis-moi comme vous avez nom.
—Sire, ne cherche à le celer ; 1925
C'est Lovel qu'on doit m'appeler.
Et mon compagnon, que moult j'aime,
Du nom de Marin on le clame."
Le roi rien plus ne leur demande.
Mais à un sien servant commande 1930
Que la garde des enfants prenne,
Que les chasses il leur apprenne,
Aussi bien en bois qu'en rivière.
Celui-ci toutes les manières
Des chiens, des oiseaux, leur apprit. 1935
Le roi en tel cherté les prit,
Pour ce qu'il les vit preux et sages,
Qu'ils avaient à sa cour des gages

Si richement qu'il leur plaisait ;
Chevaux et robes leur faisait   1940
Donner   autant qu'ils en voulaient,
Et avec lui au bois allaient,
Et tant leur plaisait fréquenter
Le bois pour tirer et chasser,
Qu'ils n'en voulaient jamais partir: 1945
Cerfs et biches aimaient quérir,
Et les autres bêtes du bois.

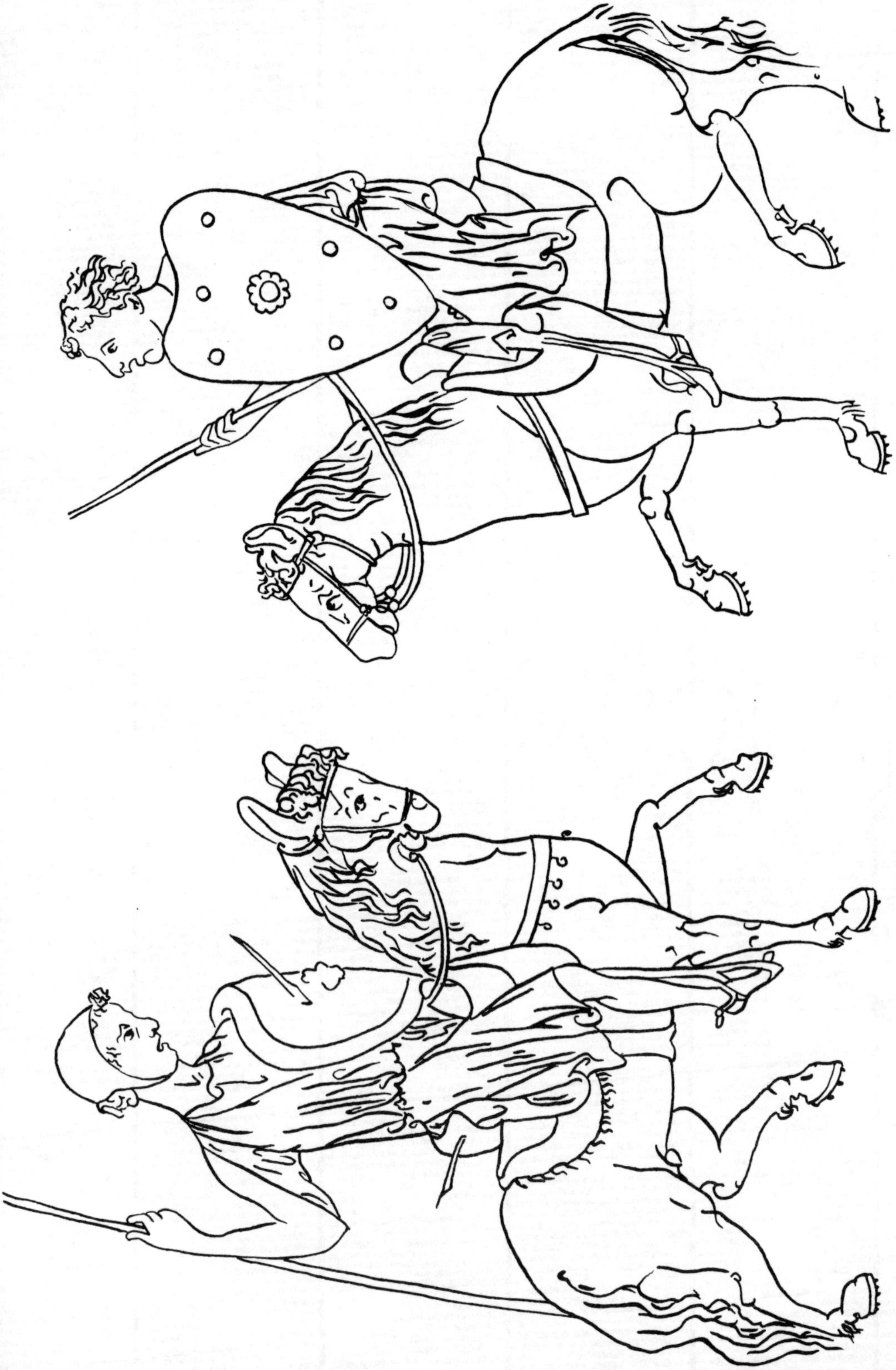

Des enfants, j'en reviens au roi,
Que chez le bourgeois vous laissai.
Des enfants tant conté vous ai, 1950
Qu'en dire plus, je ne le dois.
Si recommencerons du roi,
Quand le bourgeois a éprouvé
Qu'homme loyal il a trouvé.
Le roi en gage a sa maison, 1955
Si ne rend compte ni raison
De quelque chose qu'il dépense.
Ja ne cherche comptes qu'il range
Le bourgeois, lequel moult le croit
Pour ce que loyal il le voit ; 1960
Mais un jour en conseil le trait,
Et lui dit : —Gui, si ce te plaît,
Je te prêterai volontiers
Trois cents livres de mes deniers :
Ainsi, va gagner et acquiert 1965
En Flandres ou en Angleterre,
Ou en Provence ou en Gascogne.
Si tu sais faire ta besogne
A Bar, à Provins ou à Troyes,
Ne se peut que riche ne sois ; 1970
Je n'en veut nulle part avoir,
Mais que recouvre mon avoir,
Et tout le gain pour toi j'assure.
Pauvreté fait laides blessures,
Et certes en es-tu blessé. 1975
Lorsque même aurais-tu gagné
Vaillant deux cents marcs en conquête,
Je ne ferai nulle requête."
Le roi répond : —Vôtre merci !
A mon voeu aurions ja ici 1980
Tous les deniers appareillés.
Puisque vous me le conseillez,
Votre conseil je dois bien croire.
Ja ne perdrai marché ni foire
Sans attendre plus en avant ; 1985
Je me connais en Cordouan

Et en alun et en brésil,
Ainsi qu'en gorge de goupil ;
Je gagnerai bientôt assez."
Le bourgeois avait amassé
Tous les deniers, les lui bailla ; 1990
Et lui tantôt s'appareilla
Pour aller aux marchés et foires ;
En peaux de chats claires et noires,
Tous ses deniers a employés.
Il cherche fêtes et marchés, 1995
Tant et si bien qu'il conquit plus
Que le bourgeois prêté lui eut,
Car aventureux, bien chéant,
Fut plus que les autres marchands. 2000
Quand des fêtes, le roi revint,
Grande merveille au bourgeois vint,
De ce qu'avait tant emporté
Quand ne s'était guère absenté.
Bien plus cher il l'en a tenu, 2005
De ce qu'il était advenu
Un tel bien de sa marchandise.
Il l'en aime plus et le prise,
Et l'honore le plus qu'il peut ;
Ainsi il lui dit qu'il le veut 2010
De ses deux fils accompagner,
Qu'ils iront ensemble gagner.
Ses fils partiront avec lui,
Dont il sera très bien servi ;
Et il dit qu'il leur baillera 2015
Sa nef, qu'il la leur chargera
Vaillant mil marcs, voire trois mil,
Qu'ils iront au Puy, à Saint-Gilles :
Que pour cette première voie,
En Angleterre il les envoie. 2020
Car à Bristol, l'autre semaine,
La fête devait être pleine.
Veut que là premièrement aille
Sa nef ; et ses deux fils lui baille,
En leur commandant qu'ils le croient,

Et que jamais tant hardis soient 2025
Qu'en nul point ils le contredisent.
Eux lui certifient, garantissent
Que certe à son commandement
Se contiendront extrêmement.
Tôt le roi, à qui trop tard semble, 2030
Et les fils du bourgeois ensemble
S'atournent d'aller à Bristol.
Avoir moult riche avait la nef.
Et la mer fut paisible et coie :
En la mer entrent en grand joie. 2035
Dam Therfès la maîtrise avait,
Qui du gouvernail moult savait,
Et de la mer, et des étoiles.
Par cordes tirent sur les voiles,
Et la nef meut, qui rompt et fend 2040
Les ondes par force du vent,
Tant qu'outre ils parvinrent moult tôt.
Le roi commande que l'on ôte
Tout leur avoir hors de la nef,
Et les chevaux ambleurs et doux ; 2045
Car il en était de beaux moult,
A l'amble doux, fort et rapide.
De décharger la nef se hâtent,
Tout le jour y usent et gâtent ;
A Bristol vinrent l'endemain. 2050
La terre tenait en sa main
Un jeune neveu de Guillaume ;
Et la couronne et le royaume
Lui avait-on pour ce donnés,
Et l'avait-on roi couronné, 2055
Que nul plus proche héritier
N'existait, qui en eût métier.
En la ville le jeune roi,
En grande compagnie d'Anglois,
Etait venu le jour avant 2060
Que quand le roi Guillaume y vend
D'une autre part sa marchandise.
Moult la vend bien, juste la prise

Ni rien de lui enquis n'avons.
—Je veux donc, fait-il, y aller. 2140
Et au marchand je veux parler.
Et si à mon oncle il ressemble,
Alors serons toujours ensemble
Entre lui et moi, s'il me croit :
Je le prierai qu'il soit à moi ; 2145
Pour ce je le veux retenir
Qu'il me fera ressouvenir
De mon oncle, quand le verrai.
Allons donc, je m'enquererai
De son affaire, et de son être, 2150
Car me tarde que je le voie."
Lors le roi s'est mis en la voie
Sur grand destrier de Castelle *(a)*.
Après lui eut troupe moult belle ;
Car voir le roi tous souhaitaient, 2155
Qui de l'aimer accoutumaient ;
Mais nul ne sait que ce soit il,
Car avait été en exil
Vingt-quatre ans, et tous d'une suite,
D'où nulle chose n'en fut dite ; 2160
Et s'ils avaient connu le vrai,
Qu'il était lui, grand joie auraient.
Le roi ne finit ni ne cesse,
Eperonne devant la presse *(b)*
Qui moult grande après lui venoit, 2165
Tant qu'il voit son oncle le roi.
Quand il le voit, a descendu,
A vers son cou les bras tendus ;
Il le salua, l'accola,
Dit : —Ami, par Saint-Nicolas ! 2170
Je désirais moult de vous voir.
Or à mes côtés venez seoir,

---

a/-*Castelle* : Castille.
b/-*Presse* : foule.

Car à vous veux moult sagement
Tenir conseil et parlement."
Le roi, qui bien le connaissoit, 2175
Lui dit : —Que votre plaisir soit !
Mais à vos côtés n'irai pas ;
Veux m'asseoir à vos pieds en bas,
Car trop grand homme me semblez.
—N'ayez pas peur ni ne tremblez, 2180
Soyez sûrement près de moi.
Je suis roi, et vous semblez roi.
Vous ressemblez à un mien oncle,
Comme rubis à l'escarboucle
Et les fleurs de rosier aux roses, 2185
Qui sont toute une même chose.
Pour lui, sachez que tant vous aime,
Qu'il est bien près que je vous clame
Et oncle et seigneur et roi même.
Telle merveille nous ne vîmes, 2190
Onques n'advint ni n'adviendra.
L'on sera assez, qui vendra
Grain et alun, brésil et cire.
Suis venu vous prier et dire
Que vous demeuriez à ma cour. 2195
Depuis là où Tamise court,
Jusques à son ultime bout,
Aurez pouvoir, si Dieu m'absout ;
Si vous ne le tenez à mal,
Je vous ferai mon sénéchal. 2200
—Sénéchal, par bonne aventure !
Certes, sire, je n'en ai cure.
Je pourrais tôt si haut monter
Que l'on ne me ferait compter
Tous les degrés à redescendre, 2205
Et tel saut l'on m'en ferait prendre
Qu'il me faudrait de deuil crever.
On y a bien vu s'élever
Tels qui, vilains, réavalèrent,
Là d'où ils murent retournèrent : 2210
Pour ce, je ne veux m'entremettre.

Pouvez à d'autres le promettre :
A mon métier me veux tenir.
Ne pourrait-il bien advenir
Que votre roi perdu revienne ?   2215
Et qu'alors seul choir me convienne,
Et d'être de nouveau marchand ?
N'ai cure d'être si chéant.
Vous-même qui ore êtes roi,
Dites-moi en homme courtois,   2220
S'il revenait, que feriez-vous ?
— Certes j'en serai moult joyeux ;
Si Dieu a de mon âme part,
La couronne que je lui garde
Et le royaume lui rendrais,   2225
Sans que nul conseil en prendrais,
Car je n'en suis rien que vicaire,
Prévôt ou échevin ou maire.
Par lui, je veux, et vous en prie,
Que nous devenions moult amis,   2230
Jamais l'un à l'autre étrangers ;
Chaque jour à ma cour mangez
Avec tant de gens qu'en menez ;
Le fourrage à ma cour prenez ;
Au départ vous raurez vos gages.   2235
Des coutumes et des péages
Que tous les autres marchands rendent
De ce qu'ils achètent et vendent,
Serez dans mon royaume quitte.
Que ne vous pèse si me dites   2240
Votre repaire et votre nom,
Vous en aurez biens à foison.
— Sire, j'ai nom Gui de Galvaide :
Là-bas j'ai moult garance et guède,
Et brésil et alun et graine,   2245
Dont je teins mes draps et ma laine."
Lors le neveu de l'oncle part,
Comme franc et de bonne part.
Bons services lui a offert,
Plus qu'il lui a dit, il le sert   2250

Et moult l'a cher et moult l'honore,
Tant que dans la ville il demeure ;
Et les autres gens tant l'aimèrent
Et si amènes se montrèrent,
Qu'il put très bien s'apercevoir, 2255
Eût-il la vérité fait voir,
Qu'il était lui, comme l'était,
Qu'il eût justement recouvert
Tout le royaume d'Angleterre,
Sans qu'il y eût tension ni guerre. 2260
Il le sut bien, bien l'aperçut ;
Mais dans la ville il lui fallut
Qu'onques connaître ne s'y fit,
Que du neveu congé ne prit.

Quand de la ville il dut aller, 2265
S'en mut par une matinée.
Bien matinet, à l'ajournée,
Therfès eut la nef atournée.
Ja était chargée, à devise *(a)*,
De la meilleure marchandise 2270
Qu'on pût trouver jusqu'à Halape.
Dès que du port la nef s'échappe,
Et qu'en mer furent plus avant,
Viennent à s'enforcer les vents ;
La mer trouble, et le vent s'enforce. 2275
On se récrie : —En force ! en force !"
Mais les ondes forment s'abattent,
Qui heurtent la nef, et la battent,
Tant que chaque côté fracassent,
Et bien est qu'elles ne les cassent. 2280
La mer, il y a peu égale,
Est pleine de monts et de vals ;
Ja étaient si hautes les ondes,
Et les vallées si fort profondes,
Que l'étal ils ne pouvaient prendre *(b)* ; 2285
Et de monter... Et de descendre...
Le jour commence à s'obscurer
Partout, et moult fort à venter;
Le ciel trouble, les airs s'empoissent ;
Ore est avis que la mer croisse, 2290
Puis semble qu'elle se retire.
Le maître marin peu respire,
Qui voit se tancer vents tous quatre,
A l'air et la mer se combattre ;
Ce éclaire, et foudroie, et tonne : 2295
La nef à soi-même abandonne,
Et la laisse en cette balance.
L'une onde à l'autre la balance

---

a/- *A devise* : assurément.
b/- *Prendre étal* : rester en place, prendre position, spécialement pour le combat.

Ainsi qu'au jeu de la pelote ;
L'une jusques aux nues la flotte,   2300
Qu'autre jusqu'aux rives ravale.
Therfès s'écrie : —Laissez les voiles !"
Mais tous les quatre vents empirent
Tant qu'ils rompent et puis déchirent
Toutes les cordes et la voile :   2305
En mil pièces vole la toile,
La voile rompt, le mât se froisse.
Ceux de la nef ont grande angoisse,
Ils réclament Dieu et la croix,
Tous s'en écrient à haute voix :   2310
—Saint-Nicolas, aidez ! aidez !
Vers Dieu, notre grâce plaidez,
Qu'Il ait de nous miséricorde,
Et mette entre ces vents concorde ;
Ils se guerroient, et nous occient.   2315
En cette mer, ont grand pouvoir
Ces vents, nous le pouvons bien voir ;
Ils en sont seigneurs, ce appert ;
Quoi qu'à leur guerre, chacun perd,
Eux n'en auront ja nul dommage.   2320
Par malheur vîmes leur outrage.
De ce dont ils font leur déduit *(a)*,
Serons-nous morts, et puis détruits ?
Si, ces vents font ore leur guerre
Comme font les seigneurs de terre,   2325
Qui, de ce dont ils se déduisent *(a)*,
Brûlent châteaux et les détruisent :
Ainsi nous, chétifs, nous paierons
Les guerres de ces hauts barons.
Aux barons peut-on comparer   2330
Les vents et la terre et la mer.
Car par eux est troublé le monde
Comme ces vents troublent ces ondes.

---

a/- *Déduit :* plaisir ; *déduire :* se divertir.

Ah ! Dieu, faites bien s'apaiser
Ces vents qui nous font effrayés.   2335
Dieu, avant que nous soyons morts,
Conduisez notre nef au port,
Et cette tourmente apaisez,
Et l'ire de ces vents ployez ;
Car ore ont-ils beaucoup venté,   2340
Si telle est votre volonté."
Ainsi, le Seigneur Dieu appellent ;
Mais toujours errent et chancèlent,
Car ce temps trois jours a duré,
Si grand et si démesuré   2345
Qu'onques ne surent où ils furent,
Ni ne mangèrent, ni ne burent.
Au quart, à l'aube paraissant,
Le jour alla s'éclaircissant,
Et la mer fut coie et assise,   2350
Et les vents la trêve avaient prise ;
Mais un ventelet apaisé
Venta seul, qui fut assigné
Pour monder l'air, le balayer.
Alors Therfès peut cheminer,   2355
S'il discerne en quelle contrée
L'aventure a leur nef menée ;
Car sont près d'une terre étrange (a).
Le roi l'appelle avec louanges :
—Maître, fait-il, où sommes-nous ?   2360
Cette ville connaissez-vous ?
—Sire, moult la connais-je bien ;
Ne vous en mentirai en rien,
Mais si le port voulez y prendre,
L'on voudra moult cher vous le vendre.   2365
Moult il faudra l'acheter cher ;
Souhaiteront la nef fouiller
D'abord le seigneur, puis la dame :
Ja n'y sera si chère gemme

---

a/-*Etrange* : étrangère.

Ou quelque si précieux avoir 2370
Que le seigneur ne puisse avoir,
S'il lui plaît et le satisfait.
Après, la dame le relaie,
Et reprendra ce qui lui sied ;
Qui qu'il ennuie, et qui qu'il grève, 2375
Reprend après le sénéchal.
Est ce péage certes mal ;
Ensuite, une fois en avant,
Le marchand ce qu'il veut il vend
Le plus chèrement qu'il le peut ; 2380
Il n'a à craindre que lui faille,
Si peu vaillant nul lui enlève,
Que le seigneur tout lui relève."
Le roi lui dit que port prendront ;
Ja pour avoir ne resteront, 2385
Qu'à terre maintenant ils n'aillent.
Les mariniers moult se travaillent,
Tant que la nef entière et saine
Au port ont tiré avec peine,
Devant le château, louvoyant ; 2390
Mais ce ne sera pour néant.
Quand ceux du château la nef voient,
Un servant s'enquérir envoient
Si c'était une nef marchande.
Il y va tôt, et leur demande 2395
Quels gens de quelle terre ils sont :
Le roi lui-même lui répond :
—Nous sommes marchands de Galvaide."
L'autre pas plus ne quert ni plaide,
Et au château est retourné, 2400
Dire : — Or, vite ! Ne séjournez,
Car au port marchands sont venus."
Nul grand discours ne fut tenu
Avant que ja pour son droit querre,
Monte la dame de la terre ; 2405
Car de seigneur n'y avait point.
Le sénéchal ensuite poind,
Qui en ce port avait son droit.

Mais l'aime mieux, foi que vous dois ! 2480
Si, ma vie est toute en mon doigt,
Lorsque cet annelet j'y porte :
Prenez le moi, vous m'aurez mort.
—Ah ! sire marchand, vous taisez !
Il vous sera bien trop aisé 2485
De porter un autre annelet.
Et si l'exiger je voulais,
Ne pourriez me le refuser.
De guère je vous veux piller.
Quand si peu du vôtre je prends, 2490
Je fais folie et me méprends ;
Car moult est pauvre ce profit,
Et la coutume ainsi le dit :
Que vous ne pouvez me défendre
Rien du vôtre que je veux prendre, 2495
Lorsque c'est un unique avoir.
—Dame, c'est donc par peu savoir
Qu'autre chose vous ne prenez.
Vous aurez l'anneau, le tenez.
Mais moult large don je vous fais : 2500
Malgré moi du cœur l'arrachai
Car à mon doigt n'était-il ni :
Or je vous ai donné ma vie,
Dieu vous et moi en fasse jouïr !"
Ceci, la dame aime à l'ouïr, 2505
L'en remercie, et lui a pris
L'anneau, qu'à son doigt elle a mis,
Et dit : —Ami, en mon château,
Pour guerredon de cet anneau
N'aurez d'autre hôtel que le mien : 2510
Vous et aussi tous vos copains,
Serez logés par moi la nuit ;
Avec moi viendrez tous ici,
Comme je veux et vous en prie."
Le roi répond : —Vôtre merci." 2515
Mais en moult grand folie la tinrent
Ceux qui, avec la dame, vinrent,
Pour cet anneau qu'elle avait pris,

Lorsqu'avoir de cent marcs de prix
Elle eût pu avoir, si fût sage.   2520
Le sénéchal, de son péage,
De son droit, ni de sa coutume,
Ne laissa valeur d'une plume,
Mais prit, aussi sensé qu'il put,
Le meilleur avoir qu'il y eut.   2525
Lors la dame vient au repaire ;
Le roi, dont la grand joie veut faire,
Qu'elle veut servir, louanger,
Emmène-t-elle pour manger,
Avec toute sa compagnie ;   2530
Mais le roi a moult grande envie
Qu'il puisse en discerner la face.
Elle commande que l'on fasse
Mettre les tables, que l'on mit :
Fut bien assez, qui s'entremit ;   2535
Se hâtent moult de l'atourner.
Et la dame lors a ôté
Jusques à son menton son voile.
Guère n'avait la couleur pâle,
Qu'aux regards a abandonnée ;   2540
Et de l'eau, l'on lui a donnée,
Aux mains qu'elle eut belles et blanches.
Le roi lui va tenir les manches,
Mais elle lui dit en riant :
— Trop a ce si riche marchand,   2545
Pour si pauvre dame servir.
Je n'ai rien dont je puis mérir(a)
De vous le vœu que vous avez.
Sire marchand, or vous lavez,
Et tout aussi assurément   2550
Dites votre commandement,
Que si parvenu vous étiez
Là où le plus vous penseriez
Que l'on désirait de vous voir."

---

a/-*Mérir :* mériter.

Quand ils sont lavés, vont s'asseoir. 2555
Bien près d'elle tout côte à côte,
La dame fait asseoir son hôte ;
Ensemble mangèrent ainsi.
Il la regarde, et elle lui,
Tant que le roi connut enfin 2560
Que sa femme ici était bien
Qui l'invitait ; si, était-ce elle,
Mais l'un envers l'autre se cèle ;
Ainsi advint qu'ils se celèrent.
D'autres choses beaucoup parlèrent, 2565
Tant que le roi voit chiens venir :
Il commence à se souvenir
Combien il aimait les plaisirs.
Volontiers suivait les braiments
Du cerf, souvent, après les chiens ; 2570
Alors, ne lui plaisait tant, rien
Que chasser au bois, et tirer.
Il entre en un si grand penser
Qu'en veillant commence à songer.
Ne le tenez pour mensonger, 2575
Ni n'allez vous émerveillant :
Car l'on songe bien en veillant.
Autant de vrai que de mensonge
Sont les pensées comme les songes :
Ce fut donc vrai, n'en doutez pas, 2580
Que le roi en veillant songea.
Il songeait tant qu'il lui parut
Comme s'il était en un ru,
Parmi une forêt chassait
Un cerf qui seize cors avait ; 2585
Et il pense et tous oublia
Tant qu'il s'excita, et cria
Aux chiens de courre sus le cerf,
Si qu'en la chambre, francs et serfs
L'ouïrent soudain qui s'écrie : 2590
— Oh ! oh ! Bliaut, ce cerf s'enfuit."
Tous s'en moquèrent, et puis rirent,
Entre eux les uns aux autres dirent :

— Ce marchand est fou et naïf.
Voyez comme il est ébahi !" 2595
Mais la dame, qui peu en raille,
L'étreint vers elle, et il tressaille
Tout comme s'il avait dormi.
La dame, seigneur et ami,
Moult doucement l'appelle et clame 2600
Comme celui que moult elle aime,
Et ses deux bras au cou lui plie ;
Elle le requiert qu'il lui die
Pour quoi avait si fort crié.
— Dame, je ne l'ai oublié, 2605
Et comme m'en avez requis,
Le dirai : j'errai en pensée ;
Vérité est que je songeai
Tant que je crus que je chassai
Le plus grand cerf qu'on pût attendre. 2610
Jusques à peu je l'allai prendre,
Car les chiens si près lui venaient
Qu'avis m'était qu'ils le tenaient ;
Si j'avais dormi et songé,
Ne l'eus certes pas plus pensé." 2615
La dame fut sage et lucide,
Aussi ne tint-elle pour vide
Cette pensée que son sire eut,
Car s'aperçut moult bien et sut
Qu'il irait volontiers chasser ; 2620
Aussi commence à l'embrasser.
Et ses gens la tiennent pour folle
De ce que son sire elle accole :
Mais ils ne savent pas l'affaire.
Tout plaisir lui veut-elle faire, 2625
Quoi qu'on dise, si y parvient :
— Sire, fait-elle, il vous convient
D'aller dès maintenant au bois.
Me saurez-vous gré, si j'y vois (a) ?

―――――――

a/-Entendre : si j'y vais.

— Gré ? Madame ? Oui, vrai, un moult 2630
De rien je n'en fus en si grand [grand :
Bien depuis vingt-quatre ans passés,
Tant j'eus depuis ennuis assez.
— Sire, vous jure par Saint-Paul,
Et par les bras dont vous accole, 2635
Si je puis, avant l'asserir,
Verrez votre songe advenir."
Tantôt la dame a commandé
Que les chiens soient ore accouplés ;
Fait seller ses chevaux chasseurs 2640
Et puis atourner ses veneurs.
Ils sont déjà prêts et mouvants,
Chacun a son équipement.
Tous ont pris leurs cors et leurs arcs ;
Ne cessent jusqu'à un essart 2645
Où le cerf de seize cors trouvent ;
Tous les chiens après lui s'émeuvent.
Le cerf s'en va par sauts fuyant,
Et eux vont après en hurlant.
Le cerf s'enfuit, les chiens glapissent, 2650
Un piège par le bois ils tissent ;
Bois retentit, et champs résonnent.
La dame avec le roi raisonne *(a)* ;
Si, lui conte son errement,
Et lui le sien pareillement ; 2655
Et tous les deux par amitié
Pleurent de joie et de pitié.
N'est nul homme, qui les ouït
Lorsque chacun à l'autre dit
Comme tant ils avaient erré, 2660
Qui eût ja le cœur tant irié
Que les ouïr moult ne l'émût,
Et qui joie et pitié n'ait eues.
Alors la reine, tire à tire *(b)*,

---

a/-*Raisonner :* ici, discourir, discuter.
b/-*Tire à tire :* d'emblée.

Commença d'abord à lui dire 2665
Comme Gléolays la prit
Et la convention qu'il lui fit,
Comme dans l'année il fut mort,
Et comme la terre et le port
Lui sont restés sans contredits. 2670
Ensuite elle raconte et dit :
— Sire, un roi qui à moi marchit *(a)*
Voulut me prendre et m'en requit,
Et pour cela me fit défier
Car à lui ne veux me marier, 2675
De sorte qu'encor guerre dure,
Qui est moult félonesse et dure.
Pour ce je vous le rapportoi :
Ce bois est entre lui et moi ;
Pour ce veux vous dire et prier, 2680
Sur toutes choses vous garder
De cette eau qui ce bois sépare.
Si le cerf court à cette part,
Et s'il passe l'eau à la nage,
Je vous prie que vous soyez sage 2685
Et que vous retourniez arrière.
N'outrepassez pas la rivière,
Car nos ennemis sont delà."
Et le roi dit que s'il ne l'a
Pris tant qu'à la rivière il vienne, 2690
Pour peu du moins qu'il s'en souvienne,
Il retournera maintenant.
— Beau sire, par tel convenant,
Fait la reine, si vous donnai-je
De courre après le cerf congé ; 2695
Vous courrez, je ne courrai pas :
En tenant l'amble ou bien le pas,
J'irai après vous, m'ébattant."
Le roi s'en part à cet instant.

---

a/-*Marchir* : avoisiner ; de : *marche* : frontière, région frontière.

Le roi, le cor au cou pendu, 2700
Le cri des chiens a entendu,
Qui chassent le cerf et s'empressent.
Tous si durement ils le pressent
Que le cerf craint moult leur poursuite.
Il est tant chaud, telle est sa fuite, 2705
Qu'il halète, et sue de la panse :
Lors vers la rivière il s'élance,
Et là tous les chasseurs reviennent.
Les chiens chassent le cerf, le mènent
Vers la rivière avec violence ; 2710
A son cheval laisse licence
Le roi qui suit les chiens chasseurs ;
D'entrer en l'eau il n'a point peur,
Car il voit le cerf la passer,
Et, après lui, les chiens nager. 2715
Si, a-t-il omis la doctrine
Et la défense de la reine,
Qui lui avait dit et prié,
Et sur toutes choses gardé
Que de l'eau ne fasse un passage. 2720
Voilà prière en plein ravage ;
Après le cerf tout droit il part,
Sans rechercher quelque autre part.
Le cerf passe outre, et tous les chiens
Le chassèrent tant et si bien 2725
Qu'autour et environ lui viennent,
Qu'aux nerfs et aux cuisses le tiennent ;
De force ils l'ont par terre mis.
Le roi voit que le cerf est pris,
Et commence à corner la prise : 2730
Trois fois son haleine a reprise.
Si loin s'en est portée l'ouïe
Que deux chevaliers l'ont ouïe,
Qui dedans la forêt étaient ;
Ennemis de la dame étaient. 2735
Quand le cor ils ont entendu,
Vont là sans avoir attendu,
Comme chevaux les porter purent.

En tant que guerriers, tous deux eurent
Genouillères, cottes bourrées,　　　　　　　　　2740
Lances, blasons, et puis épées.
Vinrent fortement agités
Tous les deux d'une volonté :
D'occire homme, en prison le prendre,
Qu'à leur seigneur puissent le rendre.　　　　2745
Et quand le roi les vit venir,
Il commence à se souvenir,
Il se rappelle et ainsi pense
Qu'il a dépassé la défense
Que la reine lui avait faite.　　　　　　　　　2750
Il voit venir l'un l'épée traite,
Et l'autre l'écu embrassé ;
Ils l'ont défié et menacé,
Et lui disent : — Vassal, pourquoi,
Par quel conseil, par quel octroi　　　　　　　2755
Osâtes-vous céans chasser ?"
Quand le roi s'ouït menacer,
Qui à pied était descendu,
Sur place il n'a pas attendu ;
Mais fuit vers un chêne en retrait,　　　　　　2760
Laissant cheval derrière lui.
Il fait du chêne son écu.
Eux crient : — Vous avez trop vécu,
Vassal, si vous ne vous rendez ;
Ja de nous ne vous défendez,　　　　　　　　　　2765
Car ore vous convient ici
Mourir ou venir à merci."
Le roi, qui voit sa mort de l'œil,
Leur dit : — Seigneurs, que je ne veuille
Rien que merci ; merci demande.　　　　　　　　2770
Mais vous dis bien certainement
Que, si vous m'aviez occis,
Il eût pu tôt vous venir pis.
— Quoi ? dam vassal, quelle manière ?
Est-ce menace avec prière ?　　　　　　　　　　2775
Lorsque menace y avez mise,
Folle merci avec requise."

Lors l'un dit à l'autre : —Assaillons !
Merci, requête, ne laissons ;
Pour après sa mort me menace : 2780
Le pis qu'il peut, lors qu'il nous fasse."
Ore ils lui choient sus tous les deux.
Et le roi, lequel a peur d'eux,
Du chêne et du cheval se couvre ;
Il dit : —Seigneurs, moult mauvaise 2785
En m'occissant vous feriez, [œuvre
Car un roi occis vous auriez.
—Un roi ? —Vrai. —D'où donc ? —D'Angleterre.
—Que veniez-vous donc ici querre ?
Quelle aventure vous amène ?" 2790
Le roi son exil et sa peine,
Tout de bout en bout leur raconte ;
Et eux pour écouter le conte,
De leurs chevaux à pieds descendent.
Le roi leur conte, et eux l'entendent, 2795
Comment il alla en exil,
Comme sa femme et ses deux fils
Lui furent ravis en peu d'heures.
Chacun forment soupire et pleure
Si durment qu'ils cessent à peine. 2800
D'abord il conte de la reine
Que plusieurs marchands lui ravirent
Et puis de l'ennui qu'ils lui firent ;
Pleure encore plus et soupire
Quand il commença de leur dire 2805
Comme perdit-il ses enfants,
Et comment il trancha les pans
De sa cotte, où il les langea ;
Comme l'un au bateau porta ;
Quand l'autre il y voulait porter, 2810
Qu'il vit un loup loin l'emporter,
Qu'il chassa tant qu'il fut fourbu
Et que s'asseoir par force dut
A terre, où dormir lui convint.
Et quand au bateau il revint, 2815
De l'autre enfant ne trouva rien.

Il n'oublie de leur conter rien
De l'aumônière et des besants
Que lui jeta certain marchand,
Et que l'aigle lui arracha, 2820
Si qu'à terre le trébucha.
Et maintenant sont advenus
Miracles : d'au-delà des nues
Vinrent aumônière et besants,
Que Dieu envoya en présent ; 2825
Si en furent moult ébahis,
Quand l'aumônière entre eux jaillit.
Le roi pour la prendre s'abaisse,
A ses pieds certes ne la laisse,
Et l'un d'eux dit : — Sire, merci ! 2830
Dieu nous a bien montré ici
Par sa merci, par sa bonté,
Que vous nous avez vrai conté."
Lors l'autre leur a rapporté :
— Bel et doux sire, que Dieu m'ait ! 2835
Ne connus mon père jamais.
Mon père êtes, moi votre fils :
Le prudhomme qui me nourrit
Me dit qu'à un loup il me prit,
Et il me dit en quel moment. 2840
Par un courroux, par un tourment,
Un pan de cotte il me bailla,
Où enveloppé me trouva :
Je l'ai encor; si vous voulez,
Bientôt en vérité saurez 2845
Si je suis votre fils ou non.
Et pour le loup Lovel j'ai nom.
Je n'en dis plus ni ne besogne,
Quand la vérité le témoigne."
L'autre de ce qu'il a ouï, 2850
Démesurément se réjouït
Si qu'il s'en perd et s'émerveille ;
Il dit bien qu'onques la pareille
N'advint à aucun homme né :
— Dieu, fait-il, m'a ici mené, 2855

Je sais ce que je ne savais.
Mon frère avecques moi j'avais,
Mais ne le connaissais ainsi ;
Copains de bonne compagnie
Avons été moult longuement.   2860
Or sachez bien certainement
Que compagnons sommes et frères.
Et vous, beau sire, êtes mon père.
Car je fus au bateau trouvé,
Et le vrai sera bien prouvé   2865
Quand le pan je vous montrerai,
Qu'à mon hôtel je trouverai,
Car l'eus jusqu'ore en bonne garde.
— Seigneurs, c'est de divine garde,
Fait le roi, que trouvé vous ai !   2870
Les pans de ma cotte, qu'ôtai,
Convient que tous deux tienne et voie,
Si vous voulez que je vous croie.
— Venez donc, si vous les verrez,
Autrement mal nous en croirez.   2875
— Ainsi sera-t-il, fait le roi.
Mais défaisons notre cerf, ja.
— Bien avez dit." Lors le défont.
Quand l'eurent défait, ils s'en vont,
Et sont venus à leur repaire.   2880
Ils ne voulurent rien y faire
Tant que les pans ils n'eurent vus.
Le roi les a bien reconnus,
Et dit pour vrai que ce sont eux.
Alors lui font grand joie ses fils,   2885
Moult l'accolent souvent et baisent ;
Tenez vrai que moult ils lui plaisent.
Fortement s'en réjouit le roi,
Et les rebaise, et les reçoit ;
Tous trois font telle joie ensemble,   2890
Que leur hôte dit que bien semble
Que, une bourse ils aient trouvée.
— Bel hôte, vérité prouvée
Avez dite, ce dit Lovel ;

Est venu un hôte nouvel 2895
Avec nous en votre maison,
Que nous devons, et par raison,
Moult honorer et accueillir.
Si le vrai en voulez ouïr,
D'Angleterre il est roi et sire : 2900
Pour ce vous veux prier et dire
Que votre seigneur et le mien
Meniez céans, vous ferez bien ;
Il aura de son accointance
Grand joie et de sa connaissance, 2905
Quand il viendra le voir céans."
L'hôte ne fut peu diligent,
Qui va au roi et puis lui conte
Les nouvelles ; et le roi monte,
Car à grand merveille les tint. 2910
Il ne cessa qu'à l'hôtel vint.
Et eux à sa rencontre saillent,
Leur père par la main lui baillent ;
Si lui ont contées et décloses
Toute l'aventure et la chose, 2915
Entière au roi de Catenasse,
Tant qu'un seul mot ils ne lui passent.
Et ils lui montrèrent l'enseigne (a),
Les pans, devant quels ils se signe,
Et dit que c'est chose prouvée : 2920
— Belle aventure avez trouvée,
Fait-il, dont joie devez avoir ;
Avant que je puisse savoir
Rien nul de votre haut lignage,
J'ai tant perçu de vasselage (b) 2925
En vous qu'en rien je ne méfis

---

a/- *Enseigne* : ici, signe, preuve ; mais, aussi, banderole de lance et marque de l'appartenance vassalique du chevalier ; cette acception est sans doute contenue ici, pour ennoblir les haillons de la cotte.
b/- *Vasselage* : qualité générale du vassal, noblesse, etc..

Lorsque chevaliers je vous fis ;
Vous l'avez certes mérité ;
Car vous m'avez moult secondé,
Dans ma guerre souvent marché. 2930
Avez souvent moult courroucé
L'orgueilleuse dame chétive,
Qui n'aura ja, tant que je vive,
Ma paix, si elle ne me prend
Ou si sa terre ne me rend : 2935
Qu'alors s'enfuie et puis s'en aille."
Le roi répond : — Sans nulle faille,
Ici je mets en votre main
Qu'elle vous la rendra demain ;
Jamais plus n'en sera plaidé. 2940
Si mes deux fils vous ont aidé,
Pour ce que nourri les avez,
Durent le faire, le savez,
Mais combien n'auraient dû le faire,
S'ils eussent su la dame, guère ! 2945
Car moult mésœuvre et se méprend
Qui vers sa mère guerre prend.
Cruelle est la guerre et amère,
Lorsque le fils guerroie la mère ;
Quand il lui fait courroux et ire, 2950
Vers le siècle et vers Dieu empire :
Siècle l'en blâme, et Dieu l'en hait.
Mais tel fait mal, qui ne le sait.
Mal avez fait, mais ne le sûtes :
Pour ce, droit et raison vous eûtes ; 2955
Car vous point ne la connaissiez,
Et votre seigneur vous aidiez.
Seigneurs, votre mère est la dame (a)
Dont vous avez à feu à flammes
Souventes fois la terre mise ; 2960
Ainsi, par le même service,
Vous étiez félons et loyals :

---

a/- Dans cette proposition, la dame est sujet.

Car vous faisiez et bien et mal.
Ne donne louanges ni blâmes,
Et à l'un et l'autre le clame." 2965
Si, Marin et Lovel s'éperdent,
Et de ce qu'il dit ils s'essuient
Leurs yeux, dont les larmes couraient,
Car de joie tous les deux pleuraient.
Ils disent : — Dieu ! quand sera jour ? 2970
Moult nous sera long le séjour
Jusqu'à demain, et ennuyeux.
Lors elle nous aura tous deux ;
Merci nous irons lui crier.
Mais ne devons pas oublier 2975
Les marchands qui nous deux nourrirent :
Bien plus que ne durent nous firent,
Puisque rien ne nous en devoient ;
Juste est qu'encore ils nous revoient.
Lors ils sauront qui ils trouvèrent, 2980
Comme fort bien vers nous prouvèrent."
Si, parlant de choses et d'autres,
Ils ont retenu chez leur hôte,
La nuit, le roi de Catenasse ;
En parole, une grande masse 2985
De la nuit prirent et gâtèrent,
Et les servants moult se hâtèrent
Du manger cuire et atourner.

Mais de là je veux retourner
A la reine, qui fait douloir 2990
Si grand, que mourir peut vouloir,
Et dit : — Hélas ! infortunée !
Moult me fut de courte durée
La grande joie de mon seigneur.
Ma joie fait mon deuil supérieur. 2995
Cette joie, las ! que j'ai perdue,
Que Jésus-Christ m'avait rendue,
Fait mon deuil croître et l'enforcer ;
Or convient moult de m'efforcer
De guerroyer mes ennemis, 3000
Qui ont tué mon sire et pris.
Allons, mes seigneurs, y allons !
Demain sur eux armés irons.
Faites crier qu'à l'ajournée
Soit toute votre ost assemblée ; 3005
N'y demeure amont ni aval
Nul homme à pieds ou à cheval,
Qui lance ou arc puisse porter,
Que je ne voie demain aux gués."
Ja est crié par tout le ban, 3010
Qu'il n'y demeure serf ni franc,
S'il se prise pour cher lui-même,
Qui n'ait, avant l'heure de prime,
Le gué de la marche passé.
L'endemain y sont amassés, 3015
Et y est la reine venue.
N'y eut plus de rênes tenus,
Et ils s'en vont rapidement.
Mais ils auront prochainement
Rencontre autre que ce qu'ils croient. 3020
Ils ne s'attardent quand ils voient
Les deux rois et leurs gens après ;
Mais ils s'avancent de si près
Qu'ils se sont entrereconnus.
Et le roi, la reine l'a vu, 3025
Dont elle était si fort émue :
Si, son ire s'est apaisée.

Ses gens arrière fait rester.
Mais le roi n'a soin d'arrêter,
Car est moult ravi et joyant, 3030
Et dit : — Dame, êtes bien venant !
— Sire, et vous soyez bien venu !
Comment fûtes-vous retenu
En cette terre, ce me dites.
Etes-vous en prison ou quitte ? 3035
S'ils vous en demandent rançon,
Ne soyez jamais en soupçon :
Car je suis venue la leur rendre
Si leur gent la mienne ose attendre."
Le roi rit de ce qu'il ouït ; 3040
Il avait ses fils avec lui,
Et le roi qui les eut nourris :
— Ah ! Dieu, fait-il, que tu nous ris,
Comme tu nous fais belle mine !
Ne savez-vous, dame très-digne, 3045
Qui j'ai trouvé en cette voie ?
Certes, votre joie et ma joie
Trouvai-je en cette place hier.
Bien fut que cerf vînmes chasser,
Bien qu'il fut trouvé, bien qu'il mut, 3050
Qu'il fut atteint et retenu,
Bien qu'il fut atteint et occis.
Car vos ennemis sont conquis :
Est roi de Catenasse ici ;
Venu est à votre merci. 3055
Savez-vous qui sont ces deux ci
Dont vous avez eu grand ennui ?
— Le sais ? Quel mal que les vis nés !
Ils m'ont tous mes hommes tués,
M'ont et tuée et confondue : 3060
Ils m'ont si près rase et tondue
Que, hors des murs et hors des haies,
Ne m'ont vaillant six sous laissé.
Ils furent les premiers messages
Qui voulurent faire mariage 3065
Entre moi-même et leur seigneur ;

Ils furent la déconfiture
Des miens qu'ont pris et rançonnés.
Moi, qu'en dirai-je, si ce n'est
Qu'ils ont fait toute cette guerre, 3070
Qu'ils sont les pires de la terre ;
Ils m'ont tant fait ire et courroux
Que sais bien qu'au dessus de tous,
Ils sont mes mortels ennemis.
— Sont pourtant vos charnels amis. 3075
— Amis, comment ? — Vos fils ce sont.
— Dieu ! fait la dame, qui répond :
Ce peut-il être vrai ? — Sans doute."
Lors viennent l'une et l'autre troupe,
Quand la merveille ont entendue ; 3080
La reine, sans plus attendu,
Les a entre ses deux bras pris,
Car a de joie le cœur épris.
Si, tous deux les baise et accole ;
De joie lui manque la parole, 3085
Comme lui sont-ils aux pieds chus,
Qui de par joie sont éperdus.
Ils la prient lors tous deux ensemble :
— Dame, si raison vous en semble,
Pardonnez-nous tous les méfaits 3090
Que tous deux nous vous avons faits.
Si nous savons que tord avions,
Jusqu'ici nous ne le savions,
Mais croyions bien grand droit avoir.
Si, péchâmes par non-savoir : 3095
Mais à qui pèche d'ignorance,
Ne convient grande pénitence.
— Je veux certes vous pardonner,
Puisque vous me vouliez donner
Plus grand honneur que je n'avais ; 3100
Mal gré d'un profit vous saviez."
Alors le roi de Catenasse
Jusques à la reine outrepasse,
Et lui dit : — Dame, je sais bien
Que ne vous ai méfait en rien. 3105

En ce ne mérite non haine,
Si je voulais vous faire reine ;
Mais pour ce dépit en avais,
Qu'on me disait, je le croyais,
Que vous étiez moult basse femme.   3110
Je ne pensais pas que ma dame
Etiez : j'en viens à merci.
— Sire roi, je vous remercie
Pour mes deux fils moult hautement.
Par ce premier remerciement,   3115
Vous avez sur moi emporté
Ce dont j'ai longtemps dame été ;
Mais tant y mets-je toutefois,
Que mon seigneur le roi l'octroie.
— Dame ! mais le veux et conseille,   3120
Et ce ne me semble merveille.
— Sire, fait-elle, la lui rends."
Elle l'en revêt, il la prend.
Et maintenant, sans que plus passe,
Ils sont partis de cette place   3125
Où grand joie ils avaient menée.
Et la reine en a emmené
Près d'elle l'une et l'autre troupe.
Nul qui l'accompagne ne trouble
Rien qui lui plaît ; tous lui octroient 3130
Tout son plaisir, et se convoient
Jusqu'à Surclin, la joie menant.
Marin et Lovel maintenant
Souhaitent leurs marchands mander :
Il n'y a qu'à le commander.   3135
Sitôt mandés, messagers meuvent,
Qui les cherchent tant qu'ils les trouvent.
Ils leur ont tout dit et conté,
Et en grand joie eux sont montés ;
Longtemps, nuit, jour, ils ont erré, 3140
Par la voie droite ils ont ferré,
Et jamais qu'au galop partirent,
Tant que Surclin bientôt ils virent,
Où s'était assemblée la cour.

Mais peu leur plaisait le séjour, 3145
Car ils auraient préféré être
Ou à Londres ou à Wincêtre (a),
Ou bien à York ou à Lincoln.
Sans faire de longues paroles,
Sachez que la cour fut moult grand, 3150
Comme la joie des deux marchands ;
Sitôt qu'ils vinrent à la cour,
Marin à leur encontre court ;
Et Lovel, qui moult fut sensé,
De les fêter a bien pensé : 3155
Tout droit devant les rois les mène,
D'eux honorer forment se peine.
Et, tous oyant, Lovel raconte,
Et de ce récit il n'a honte :
— Seigneurs, seigneurs, par ces prudhommes,
Qu'ici voyez, sains et saufs sommes. 3161
Lui m'enleva au loup cruel
Et me nourrit en son hôtel ;
Lui trouva Marin au bateau,
Et le nourrit et bien et beau. 3165
Ils nous nourrirent avec soin,
Et sans y mettre quelque frein,
Laissant tout à notre licence :
Ore en auront-ils récompense.
Sachez : qui ne les aimera, 3170
De mes bons amis ne sera."
La reine, sans plus attendu,
Cette parole a entendue,
Et les marchands a salués ;
Du lieu les a-t-elle emportés, 3175
Et menés hors de cette foule.
Elle croit n'être jamais soûle
De les chérir et honorer.
Dès ore elle leur fit donner
Manteaux de vair, pelisses grises 3180

---

a/-*Wincêtre* : Winchester.

Qui à ses crochets étaient mises.
Eux se tinrent pour bien payés,
Des robes furent satisfaits,
Et disent que quand les vendront,
Deniers et argent en prendront. 3185
La reine de cela se rit ;
Et en riant aux marchands dit :
— Seigneurs, or ne vous émouvez.
Je veux que ces robes ayez ;
Les vêtez par ce convenant 3190
Qu'aussi bonnes aurez souvent.
Ce sont des arrhes que ces biens.
Jamais n'ayez quelque besoin
Que vous ne l'ayez sans danger.
Foires ne vous convient chercher 3195
Ja dans le reste de votre âge.
De vous et de votre lignage
J'ai désir que riches vous fasse.
Ni soie, ni pourpre, ni biface (a),
Vair, petit gris ni zibeline 3200
Ne vous faudront, dam Gosselin,
Et vous mêmement, dam Foukier.
Car j'ai l'un et l'autre moult chers.
— Dame, ne nous tenez pour sots ;
Car si ces robes étaient nôtres, 3205
Lors nous pourrions fort bien en faire
De chacune quatorze paires
De peaux d'agneaux, de simple corde.
— Taisez ! — Dame, par divin corps,
Ja vos robes ne voudront prendre, 3210
Puisque nous ne pourrions les vendre."
Si, la reine fut moult courtoise ;
De ce qu'elle ouït ne se poise,
Car elle riait dans ses mains
De la folie des deux vilains. 3215
Est en vilain moult folle bête !

———

a/- *Biface* : étoffe sans envers, brochée d'or.

Mais avant que les en revête,
Pense que leur achètera
Ces robes, puis leur donnera.
Elle dit : — Seigneurs, me vendez   3220
Ces robes, puis les reprenez ;
Mais le marché tel ne sera
Que si les vêtir vous faudra."
Et eux disent qu'ils lui vendront
Volontiers et les reprendront   3225
Pour trente marcs, sans rien laisser.
— D'un denier ne voudrais baisser,
De ce soyez tout à fait sûrs."
Eux répondent : — A la bonne heure !
Nous vous attendrons volontiers   3230
Huit ou quinze jours tout entiers."
Lors ils vêtent les robes chères.
Leur contenance, puis leur aire
Furent si folles et si niaises,
Que les manteaux et les pelisses   3235
Semblaient bien leur être prêtés.
En grand joie sont huit jours restés
A Surclin les deux rois en masse,
D'Angleterre et de Catenasse ;
Si, lui fut la terre rendue.   3240
Neuvième jour, sans attendu,
Les nefs furent prêtes au port.
N'ont plus cure d'autre report,
D'autres aises, d'autres séjours :
Vont dans les nefs sans nul séjour,   3245
Ayant le doux vent espéré.
Mais le roi n'a pas oublié
Que son bourgeois l'on cherche et querre,
Qu'il vienne à lui en Angleterre.
Déjà Therfès y était mû,   3250
Et le roi avait retenu
Avec lui les fils du bourgeois ;
Et il leur promet, comme roi,
De leur donner châteaux et tours.
Passent la mer par un droit cours,   3255

Car nulle fois ne fut troublée,
Ni courroucée, ni enragée ;
Si, ne leur fit courroux ni ire.
Au bout le roi commence à dire :
— Dieu ! fort vite vont joie et deuil   3260
Là où Tu le consens et veuilles.
Hé ! Dieu, de longtemps ne vint ci *(a)*,
Car moult j'y eus deuil et ennui :
Ore j'y ai joie et liesse."
Alors vers la roche il se dresse,   3265
Après lui Lovel et Marin ;
Dam Foukier et dam Gosselin
Et les fils du bourgeois y furent,
A qui la reine et le roi durent
Plus de louanges, destiner   3270
Plus de joies, plus d'honneurs donner,
Qu'à tous les autres de la troupe ;
Et ainsi faisaient-ils sans doute.
Quand à la roche le roi vint,
Le roi de Catenasse il tint   3275
Par la main ; et il lui a dit :
— Sire roi, voyez ci le lit,
Voyez ci le lit et la chambre
(M'en souviens bien et m'en remembre)
Où la reine fort travailla   3280
Quand de ses fils se délivra ;
Après, par ci le loup courut,
Tant le chassai que fus fourbu.
Arrière Marin fut resté
En un bateau entre des nefs.   3285
Me sont si doux ore à retraire
Le grand ennui et le contraire
Qui me vinrent en cet endroit,
Que du besoin je suis la proie
Que d'ici, je ne partirai,   3290
A château ni cité n'irai,

---

a/-*Ci* : ici.

Que mon neveu ne soit venu,
Lui qui pour roi ore est tenu.
Eurent vite occupé la roche,
Et sitôt par tout le pays, 3295
Nouvelles d'eux sont épandues.
Son neveu vint et a rendu
La couronne et la terre toute.
Vint à Londres en grande troupe,
Où il fut moult volontiers vu 3300
Et à grande joie fut reçu.
A Londres séjourna le roi,
Si bien qu'arriva le bourgeois
De Galvaide qu'avait mandé ;
Et à ses gens a commandé 3305
Qu'ils le servissent et l'aimassent
Et par dessus tous l'honorassent.
Et le roi qui, le faire, dut,
Sur tous les siens aimer le dut :
En fit son premier conseiller. 3310
Il fit ses deux fils chevaliers
Et les maria, ce dit le conte,
Aux filles de deux riches comtes ;
Si, furent tous deux châtelains.
Du valet, fit son chambellan, 3315
Qui à la fête de Bristol,
Les deniers que pour le cor eut,
Donna aux pauvres pour son âme ;
Si, lui donna moult riche femme,
Car de rente mil marcs y prit. 3320
Et aux deux marchands il assit
Mil marcs de rente d'esterlins.
Telle est de ce conte la fin.
Je n'en sais plus, ni plus n'y a.
La matière si me conta 3325
Un mien copain, Roger le Cointe (a),
Qui de maint prudhomme est accointe.

---

a/- *Cointe* : aimable, sage ; *accointe* : ami, aimé.

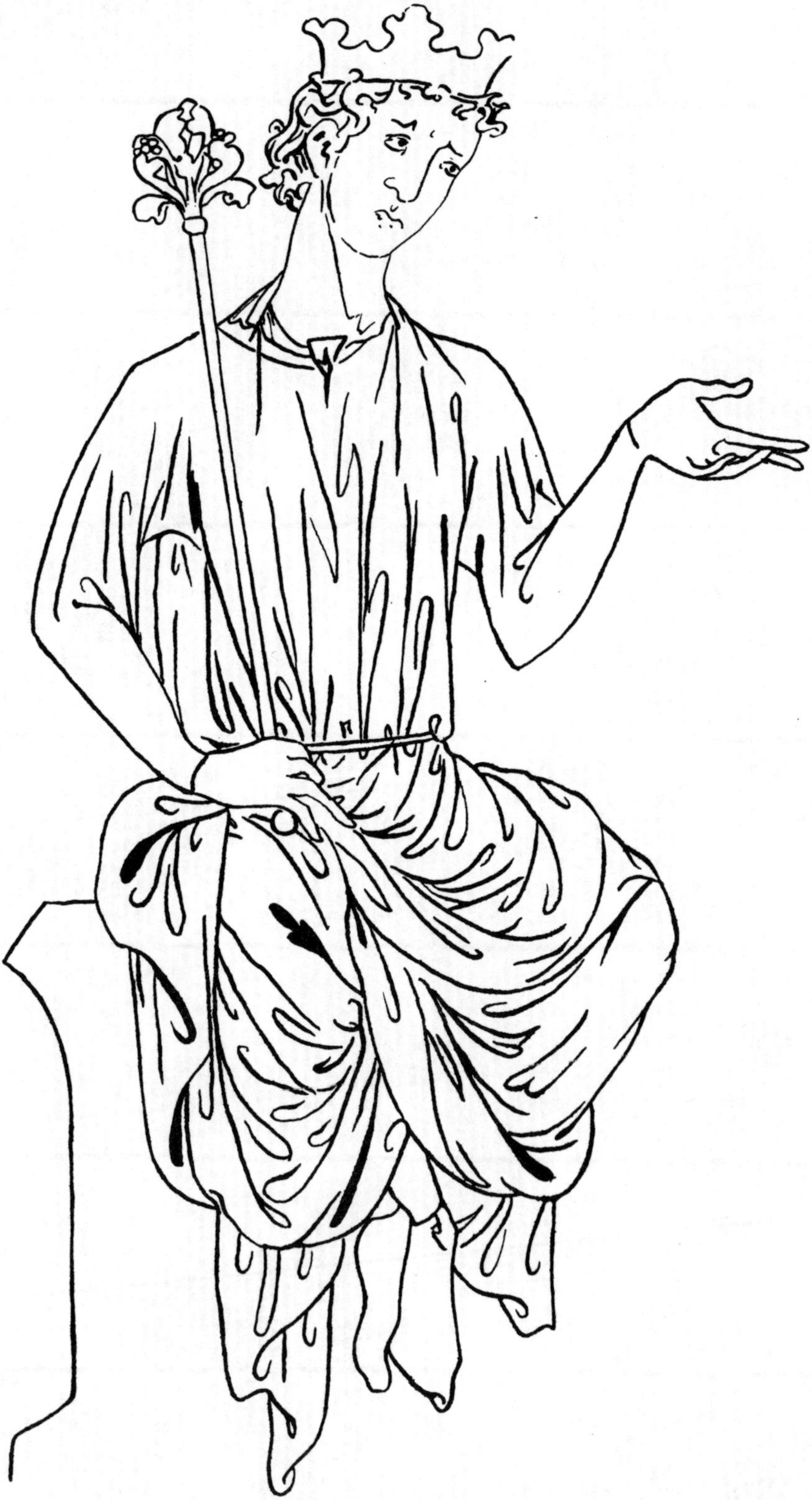

POÈMES

D'Amour qui m'a ravi à moi*.

D'AMOUR qui m'a ravi à moi,
Quand à soi ne me veut tenir,
  Je me plains comme aussi j'octroie   3
Que de moi fasse son plaisir ;
Si je ne me puis retenir
Que m'en plaigne, je dis pourquoi :   6
Car ceux qui la trahissent voient
Souvent à eux la joie venir,
Quand j'y faille par bonne foi.   9

Si Amour, exauçant sa loi,
Veut ses ennemis convertir,
Elle est sensée, comme je crois,   12
De ne pouvoir aux siens faillir ;
Moi, qui ne me puis départir
D'elle, à qui tant et tant je ploie,   15
Mon cœur, qui est sien, lui envoie ;
Mais de néant vais la servir,
Si je lui rends, quoi je lui dois.   18

Dame, de ce : votre homme suis,
Dites-moi si gré m'en savez ?
Si onques vous connus : nenni !   21
Ce vous pèse, quand vous m'avez,
Et puisque vous ne me voulez,
Je suis donc vôtre par ennui ;   24
Si jamais vous devez d'autrui
Avoir merci, lors me souffrez :
Servir nul autre je ne puis.   27

---

*- *Amour* est alors un mot féminin.

Onques du breuvage ne bus,
Dont Tristan fut empoisonné,
Mais que lui me font aimer plus   30
Fin cœur et bonne volonté.
Je dois certes en savoir gré,
Quoiqu'en rien requis je n'en fus,   33
Hors par tant que mes yeux ont cru,
Par qui suis en la voie entré,
D'où ne fuirai, jamais recru *(a)*.   36

Cœur, si ma dame ne t'a cher,
Par malheur tu en partiras.
Toujours son pouvoir doit te plaire,   39
Puisque ton entreprise est là.
Jamais, malheureux, n'aimeras,
Si l'âpre temps va t'effrayer.   42
Bien l'adoucit mieux l'attente :
Quand tu l'auras plus désirée,
L'amour sera plus excellente.   45

Trouverais grâce, à mon penser,
Si elle était en toute l'aire
Du monde, où je la vais chercher ;   48
Mais je crois qu'elle n'y est guère.
Onc ne cesse, n'est las mon feu
De ma douce dame prier.   51
Je prie, reprie, sans fructifier,
Comme tel qui ne sait par jeu
Servir Amour, la louanger.   54

*

---

a/-*Recru* : ici, de *recroire*, se parjurer (cf. *récréant*).

Amour lutte et bataille.

A<small>MOUR</small> la lutte et bataille
Contre son champion a prises,
  Qui pour elle ne travaille
Qu'à raconter sa franchise ;   4
Là toute sa force est mise :
Qu'à sa grâce ce lui vaille ;
Mais elle si peu le prise,
Que son aide peu lui chaille.   8

Qui qui pour Amour m'assaille,
Sans tromperie, ni feintise,
Prêt suis, qu'au combat m'en aille :
J'en ai bien la peine apprise.   12
Mais je crains qu'en mon service
De guerre et d'aide, j'y faille.
Ne veux être en nulle guise
Si libre qu'elle n'ait taille *(a)*.   16

Nul, s'il n'est courtois et sage,
Ne peut d'amour rien apprendre ;
Mais tel en est son usage,
Dont nul ne se sait défendre,   20
Qu'elle veut l'entrée en vendre ;
Et qui est en ce passage,
Il lui faut la raison rendre,
Mettre la mesure en gage.   24

---

a/- La *taille*, dite aussi la quête, est l'impôt.

Fou cœur léger et volage
Ne peut rien d'Amour apprendre.
Tel n'est pas le mien courage
Qui sert sans la grâce attendre.　　　　　　28
Avant que je m'y fis prendre,
Je lui fus dur et sauvage :
Ore soit, sans raison rendre,
A son profit mon dommage.　　　　　　　32

Moult Amour m'a cher vendu
Sa puissance et seigneurie,
Car à l'entrée j'ai cédé
Sens, la raison déguerpie.　　　　　　　36
Leurs conseils ni leur baillie
Ne me soient jamais rendus.
Je leur fausse compagnie ;
Et qu'ils ne m'attendent plus.　　　　　　40

D'Amour ne sais nulle issue,
Ni ja nul ne me la dise.
Peut bien muer en cette antre
Ma plume toute ma vie :　　　　　　　44
Ne muera mon cœur au ventre.
En elle ai-je mon attente ;
Si je crains que je m'occisse,
Pour tant mon cœur ne remue.　　　　　　48

Si ne m'en aident merci,
Et pitié qui est perdue,
Sera la guerre finie,
Que j'ai long temps maintenue.　　　　　　52

*

NOTICE

Le texte de *De Guillaume d'Angleterre* a été édité plusieurs fois :
- par F. Michel, *Chroniques anglo-normandes*, t. III, 1840 ;
- par W. Foerster, *Ch. de T.-Sämmtliche Werke*, t. IV, 1899 ;
- par M. Wilmotte, C.F.M.A. n°55, Ed. Champion, Paris, 1971.

Il a été traduit par J. Trotin, Ed. Champion, Paris, 1974.
Les deux poèmes de Chrétien ont été édités par W. Foerster, en 1914.
L'*Album* de Villard de Honnecourt a été édité conjointement à *L'art gothique*, W. Worringer, Gallimard, Paris, 1967.

TABLE

Note sur la traduction 7

DE GUILLAUME D'ANGLETERRE 9

(La Vierge et l'Enfant .... 24 bis)

POEMES 107

Notice 114

ressouvenances

Collection de publications sur
l'histoire et la littérature
(Traductions - Etudes - Essais)

Si vous souhaitez être tenu au courant de nos prochains ouvrages, nous vous remercions de nous faire connaître vos nom et adresse.

RESSOUVENANCES
B.P. N° 2
Montaigut-en-Combraille
63700 Saint-Eloy-les-Mines

© Copyright mars 1982 : Ressouvenances
Dépôt légal mars 1982
I.S.B.N. 2.902-10.0
Imprimé par I.S.I. - 7, rue de Malte
75011 Paris